AF602601

1912 (Mai 29 31)

Vente des 29, 30, 31 Mai et 1er Juin 1912
(HOTEL DROUOT)
Par le ministère de Me ANDRÉ DESVOUGES, Commissaire-Priseur.

CATALOGUE

DE

LIVRES MODERNES
ET ANCIENS

LIVRES ANCIENS DANS TOUS LES GENRES
LIVRES MODERNES ILLUSTRÉS
ÉDITIONS ORIGINALES D'AUTEURS CONTEMPORAINS
OUVRAGES SUR LES BEAUX-ARTS, ETC.

PROVENANT

DE LA BIBLIOTHÈQUE DE M. C. BERMOND

PARIS
LIBRAIRIE HENRI LECLERC
219, RUE SAINT-HONORÉ, 219
ET 16, RUE D'ALGER

1912

CATALOGUE

DE

LIVRES MODERNES

ET ANCIENS

LA VENTE AURA LIEU

Les Mercredi 29, Jeudi 30, Vendredi 31 Mai et Samedi 1er Juin 1912

A 2 heures précises

HOTEL DES COMMISSAIRES-PRISEURS, 9, RUE DROUOT

SALLE N° 7

Par le ministère de Me **ANDRÉ DESVOUGES**, commissaire-priseur

26, RUE GRANGE-BATELIÈRE, 26

Successeur de Me Maurice DELESTRE

Assisté de **M. HENRI LECLERC**, libraire

219, RUE SAINT-HONORÉ, 219

ET 16, RUE D'ALGER

VOIR L'ORDRE DES VACATIONS A LA FIN DU CATALOGUE

CONDITIONS DE LA VENTE

La vente se fera au comptant.

Les acquéreurs paieront 10 pour 100 en sus des enchères.

Les livres vendus devront être collationnés dans les vingt-quatre heures de l'adjudication. Passé ce délai, ils ne seront repris pour aucune cause.

M. LECLERC se réserve la faculté, dans l'intérêt de la vente, de réunir ou de diviser les numéros du catalogue. Il remplira les commissions qu'on voudra bien lui confier.

CATALOGUE

DE

LIVRES MODERNES
ET ANCIENS

LIVRES ANCIENS DANS TOUS LES GENRES
LIVRES MODERNES ILLUSTRÉS
ÉDITIONS ORIGINALES D'AUTEURS CONTEMPORAINS
OUVRAGES SUR LES BEAUX-ARTS, ETC.

PROVENANT

DE LA BIBLIOTHÈQUE DE M. C. BERMOND

PARIS
LIBRAIRIE HENRI LECLERC
219, RUE SAINT-HONORÉ, 219
ET 16, RUE D'ALGER

—

1912

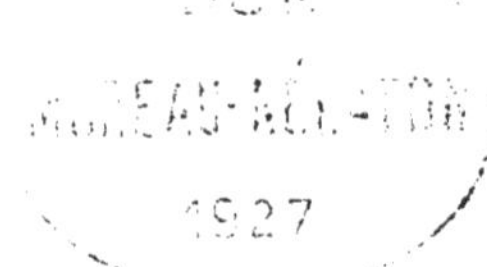

I. — LIVRES ANCIENS.

1. ABRÉGÉ de l'histoire universelle en figures, ou recueil d'estampes représentant les sujets les plus frappans de l'histoire, tant sacrée que profane [dessinées par Monnet et gravées par P[re] Duflos le jeune], avec les explications. Par Vauvilliers [mort en Russie en 1802]. *A Paris chez Duflos le jeune. Le texte imprimé chez Didot le jeune.* 1785. 5 vol. in-4, veau racine, bande peinte en noir, pet. dent., dos orné, dent. int., tr. dor. (*Rel. du commencement du XIXe siècle*).

Tirage du commencement du XIXe siècle, comme on le reconnaît aussi aux changements et additions qu'a subis le titre gravé, où le nom de Marillier a été remplacé par celui de Monnet et où la notice relative au texte (imprimé) de Vauvilliers, qui ne se trouvait pas dans l'édition originale, a été ajoutée.

Cette édition contient 1 titre gravé, le même pour les 5 volumes et 198 planches, dont 90 pour les 2 vol. de l'histoire profane et 108 pour les 3 vol. de l'histoire sacrée, dessinées par *Marillier, Monnet* et *Duflos*, gravées par *Duflos, de Ghendt, Duponchel, Delvaux*, etc.

L'édition originale, qui comportait 4 volumes, ne contenait que 167 figures.

Cahen ne cite pas ce tirage.

Coins de la reliure légèrement fatigués.

2. ADVIS FIDELLE aux veritables Hollandois. Touchant ce qui s'est passé dans les villages de Bodegrave & Swammerdam, & les cruautés inouies, que les François y ont exercées. Avec un memoire de la dernière marche de l'Armée du Roy de France en Brabant & en Flandre (Attribué à Abr. de Wicquefort). *S. l., à la sphère* (*La Haye, Jean et Daniel Steucker*). 1673. In-4, figures, veau fauve, fil. à froid, dos orné, dent. int., tr. dor. (*Rel. anc.*).

Willems 1874.

Impression qu'on fait entrer dans la collection des Elzeviers, ornée de 6 belles planches, contenant 8 sujets, gravées par *Romain de Hooghe*.

Bel exemplaire.

3. ALTMANN. Etat et delices de la Suisse ou description historique

et géographique des treize cantons suisses et de leurs alliés (Tiré des ouvrages d'Abraham Ruchat, Abr. Stanyan et de quelques autres mémoires par Altmann). Nouvelle édition. *A Neuchatel, chez Samuel Fauche.* 1778, 2 vol. in-4, figures, veau fauve, dos orné, tr. jaunes (*Rel. anc.*).

Edition ornée de nombreuses planches (cartes, plans, vues, produits naturels, etc.).

4. ARGENS (Le marquis d'). Mémoires de Monsieur le marquis de S*** ou les amours fugitifs du cloître. *A Amsterdam, aux dépens de la Compagnie.* 1753. 2 parties en 1 vol. pet. in-12, veau marb., dos orné, tr. rouges (*Rel. anc.*).

Légères mouillures.

5. ARGENVILLE (Dezallier d'). Abrégé de la vie des plus fameux peintres, avec leurs principaux ouvrages, etc. Par M***. *A Paris, chez De Bure l'aîné.* 1745-1752. 3 vol. in-4, figures, veau marb., fil., dos orné, dent. int., tr. dor. (*Rel. anc.*).

Frontispice gravé par *E. Fessard*, d'après *Latouche*, 3 vignettes de *Pierre* et de *Sève*, gravées par *Fessard* et *Aubert*, 1 cul-de-lampe de *Choffard*. 254 portraits ou encadrements de portraits, non signés ou gravés par *Aubert*.

6. ARIOSTO (Lodovico). Orlando furioso. *Birmingham, da' torchi di G. Baskerville : per P. Molini et G. Molini.* 1783, 4 vol. gr. in-8, veau marb., fil., tr. dor. (*Rel. anc. fatiguée*).

1 portrait par *Eisen*, gravé par *Ficquet*, et 45 (sur 46) figures par *Cipriani, Cochin, Eisen, Greuze, Monnet* et *Moreau*, gravées par *Bartolozzi, Choffard, Duclos, de Ghendt* et autres.

La figure du chant 25 manque.

7. BACLER DALBE. Carte générale du théâtre de la guerre en Italie et dans les Alpes. Par Bacler Dalbe. Gravé par les frères Bordiga. *A Paris, chez l'auteur.* An X (1802). 2 parties en 1 vol. gr. in-folio, dos et coins bas. brune, dos orné, tr. jaspées (*Rel. anc.*).

La première partie comprend 30 feuilles et la deuxième partie 24; carte d'assemblage pour chaque partie.

8. BASNAGE. Le grand Tableau de l'univers, ou histoire des événemens de l'Eglise, depuis la création du monde jusqu'à l'Apocalypse de St Jean. Représentée en tailles douces. Huitième édition. *A Amsterdam, aux depens de Jaques Lindenberg.* 1714. 2 parties en 1 vol. in-fol., dos et coins basane fauve, tr. jaunes (*Rel. anc.*).

Figures de *Romain de Hooghe*.

9. BIBLE (La Saincte), contenant l'ancien et le nouveau Testament, traduite en françois sur la Vulgate, par M. Le Maistre de Sacy.

Nouvelle édition, ornée de 300 figures, gravées d'après les dessins de M. Marillier. *A Paris, chez Defer de Maisonneuve. De l'imprimerie de Monsieur.* 1789. An XII (1804). 12 vol. in-4, cartonn., non rognés (*Cart. anc.*).

Exemplaire imprimé sur GRAND PAPIER.
296 (sur 300) figures par *Marillier* et *Monsiau*, gravées par *Dambrun, de Launay jeune, Delignon, Delvaux* et *autres*.
4 figures de l'*ancien Testament* manquent.
2 planches du tome II sont légèrement mouillées dans le bas.

10. BOCCACE. Le Décaméron. *Londres (Paris)*. 1757. 5 vol. in-8, figures, veau marb,, fil., dos orné, tr. dor. (*Rel. anc.*).

Exemplaire contenant au tome Ier les figures paraphées.
1 portrait, 5 frontispices, 109 (sur 110) figures et 97 culs-de-lampe par *Gravelot, Boucher, Cochin* et *Eisen*, gravés par *Aliamet, Baquoy, Flipart* et autres.
La figure en face de la page 261 du tome II manque.
La reliure a été vernie.

11. BURY (M. de). Histoire de la vie de Henri IV, roi de France et de Navarre. *A Paris, chez Didot l'aîné*. 1765. 2 vol. in-4, figures, veau marb., fil., dos orné, tr. rouges (*Rel. anc.*).

Reliure aux armes de Eugénie de BETHISY de MEZIÈRES, princesse de LIGNE.
Portrait de Henri IV en frontispice, dessiné par *G. de Saint-Aubin*, gravé par *Chenu* et 9 portraits dessinés par *P***, Marvye, Du Mortié*, gravés par *Chenu*.

12. CALLOT (Jacques). Les misères et les mal-heurs de la guerre; représentez par Jacques Callot noble lorrain, et mis en lumière par Israel son amy. *A Paris* 1633, *avec privilège du roy*, pet. in-8 en largeur, en feuilles.

Suite complète des 18 planches gravées à l'eau-forte.
Epreuves du PREMIER TIRAGE, avant les vers et avant les numéros au bas de chaque planche; elles sont montées sur papier de Hollande.

13. CALLOT (Jacques). Vita et historia beatae Mariae virginis matris Dei. A Nobili Viro I. Callot inuenta delineata atque in aes incisa et ab Israele amico suo in lucem edita. Etc. Cum Priuilegio Regis. *Parisijs*. Suite de 14 petites pièces, montées sur papier fort.

Suite complète en épreuves du PREMIER ÉTAT, avant les numéros, marges.

14. CANTIQUES et pots-pourris. *A Londres (Paris, Cazin)*. 1789, 6 parties en 1 vol. in-18, broché.

Ce recueil, orné de 6 figures par *Borrel*, gravées par *Elluin*, mais non signées, se compose des pièces suivantes : Judith et Holopherne, Agnès

Sorel, la Chasteté de Suzanne, David et Bethzabée, la Chasteté de Joseph, La Pucelle d'Orléans.

Le frontispice manque.

Exemplaire NON ROGNÉ.

15. CERVANTES. Suite d'un portrait par J. del Castillo, d'un frontispice par Carnicero et de 31 figures par Barranco, Brunette, Del Castillo, etc., pour « *Don Quichotte* ». Madrid, Ibarra, 1780, in-4.

Epreuves coupées au cadre et remargées.

Le frontispice par Arquitecto manque.

16. CERVANTES. Don Quixote de la Mancha, translated from the spanish of Miguel de Cervantes Saavedra. Embellished with engravings from pictures painted by Robert Smirke, Esq. *London, printed for T. Cadell and W. Davies*, 1818, 4 vol. in-8, cartonn. demi-mar. violet, tête dor., ébarbés.

Edition ornée de 48 figures hors texte et 25 vignettes dans le texte, gravées sur acier.

17. CHENIER (M.-J.). Théâtre de Marie-Joseph Chénier, de l'Institut national. *Paris, de l'Imp. de Pierre Didot l'ainé*, an V; 2 tom. en 1 vol. pet. in-12, mar. vert à longs grains, dent., dos orné à pet. fers, doubl. et gardes de tabis rose, tr. dor. (*Rel. anc.*).

Joli exemplaire, imprimé sur PAPIER VÉLIN et relié par BOZÉRIAN.

18. CONFESSIONS (Les) d'une courtisane devenue philosophe. *A Londres: et se trouve à Bruxelles, chez B. Le Francq*, 1784, in-12, cartonn. toile fauve, non rogné.

19. COTOLENDI (Charles). La Vie de très-haute et très-puissante princesse, Henriette-Marie de France, reyne de la Grand' Bretagne. *A Paris, chez Michel Gueroul*, 1690, in-8, mar. La Vallière, fil., fleurs de lis aux angles, dos orné, dent. int., tr. dor. (*Chambolle-Duru*).

20. CRÉBILLON. Œuvres complètes, nouvelle édition, augmentée et ornée de belles gravures. *A Paris, chez les libraires associés*, 1785, 3 vol. gr. in-8, mar. rouge, fil., dos orné, dent. int., tr. dor. (*Rel. anc.*).

1 portrait par *Marillier*, gravé par *Ingouf jeune* et 9 figures de *Marillier* gravées par *Dambrun*, *Duponchel*, *Ingouf jeune*, *Macret* et *Trière*.

Bel exemplaire provenant de la bibliothèque James Hartmann.

21. DAVID (Fr.-Anne). Le Museum de Florence, ou collection des pierres gravées, statues, médailles et peintures, qui se trouvent à Florence, gravé par M. David. Avec des explications françoises, par

M. Mulot. *A Paris, chez M. David*, 1787-1802, 8 vol. in-4, veau marb., fil., dos orné, tr. dor. (*Rel. anc.*).

Bel exemplaire, contenant les planches tirées en bistre.
Reliures fraîches.
A l'intérieur des vol. IV à VIII, l'ex-libris d'Emmanuel Barberot Dautel, chevalier des Ordres de S.-Lazare.

22. DELAVIGNE (Le P. David). Spiegel om wel te sterven, aannwysende met beeltenissen van het ly den onses Zaligmaakers Jesu Christi. Door den Vader David De la Vigne, Recolet. *T'Amsterdam, by Ioannes Stichter*, 1694, in-4, dos et coins mar. vert, fil., dos orné, tête dorée, non rogné (*Cuzin*).

Recueil se composant d'un titre gravé, de 8 planches de texte et de 42 figures, gravées par *Romain de Hooghe*, représentant des sujets dans le genre de l'Art de mourir.

23. DÉLICES DE VERSAILLES (Les) et des maisons royales, ou recueil de vues perspectives des plus beaux endroits des chateaux, parcs, jardins, fontaines & bosquets de Versailles, la Ménagerie, Trianon, Marly, Meudon, Saint-Cloud, Fontainebleau, Chantilly, Sceaux, Maisons, &c. En deux cent planches, dessinées et gravées pour la plupart par les Perelle, père & fils. Le tout enrichi de courtes, descriptions par Charles-Antoine Jombert. *A Paris, chez l'auteur*, 1766, in-folio, mar. vert, pet. dent., dos orné, tr. dor. (*Rel. anc., coins fatigués*).

212 (sur 218) planches, précédées d'un texte descriptif.
Ce recueil offre un certain nombre de vues inédites, telles que celles d'Issy, de Marly, Saint-Cloud.
Les planches 133 à 136, 141, 144 manquent.

24. DOUTIGUE DE VAUMORIÈRE (Pierre). Diane de France, nouvelle historique. *A Paris, chez Guillaume de Luyne*, 1675, pet. in-12, de 4 ff. prélim. non chiff. et 255 pp., mar. bleu jans., dent. int., tr. dor. (*Hardy*).

Amours de Diane, fille légitimée de Henri II et de Mlle Philippe Le Duc, piémontaise.

25. DU CHOUL (Guillaume). Discours sur la castrametation et discipline militaire des Romains, escript par Guillaume du Choul. Des bains & antiques exercitations Grecques & Romaines. De la Religion des anciens Romains. *A Lyon, de l'imprimerie de Guillaume Rouille*, 1555, 55 ff., 1 f. blanc, 1 planche hors texte, 20 ff., 4 ff. de table, figures. — DU CHOUL (G.). Discours de la religion des anciens Romains. Illustré d'un grand nombre de medailles, & de plusieurs belles figures retirées des marbres antiques, qui se trouvent à Rome & par nostre Gaule. *Ibid., id.*, 1556, 312 pages et 28 ff. de table, dont le dernier blanc, figures. — Ens. 2 ouvrages en 1 vol. in-fol., mar. rouge, compart. de fil. droits et courbes,

fleurons aux angles, armoiries, dos orné, dent. int. (*Hardy-Mennil*).

Editions originales et premier tirage des figures, qui sont dessinées par *P. Vase*.
Sur le titre des deux ouvrages se voient les armes de Du Choul.
Reliure aux armes du Prince d'Essling.

26. DULAURE (Jacques-Antoine). Des divinités génératrices, ou du culte du Phallus chez les anciens et modernes... par J.-A. D*** (Jacques-Antoine Dulaure). *Paris*, 1805, in-8, broché.

Edition originale.

27. DU LAURENS (L'Abbé). L'Arretin (*sic*) moderne. *A Rome (Amsterdam, Rey), aux dépens de la congrégation de l'Index*, 1773, 2 parties en 1 vol. in-12, demi-rel., chagrin bleu, non rogné.

Cet ouvrage est une critique vive et assez gaillarde des principales histoires de la Bible.

28. DUPLESSI-BERTAUX (J.). Recueil de cent sujets de divers genres, dessinés et gravés à l'eau-forte, par J. Duplessi-Bertaux ; représentant toutes sortes d'ouvriers occupés de leurs travaux, scènes de comédies, scènes populaires, mendians, militaires, cavaliers, chevaux à l'abreuvoir, foires, danses de village, etc., etc. *A Paris, chez les éditeurs*, 1814, in-4, oblong, demi-rel., mar. rouge à longs grains, ébarbé (*Rel. anc.*).

Bel exemplaire, contenant les figures avant la lettre.
Les 100 planches sont précédées de 8 ff. préliminaires imprimés.

29. FÉNELON. Suite complète d'un portrait par Delvaux et de 24 figures par Lefèbvre, gravées par Delvaux, Godefroy, Trière, etc., pour *Télémaque*. Paris, Didot, 1796, in-18.

Epreuves avant la lettre tirées de format in-8.

30. FÉNELON. Suite complète de 24 figures par Lefèbvre, gravées par Godefroy, Dambrun, etc., pour *Télémaque*. Paris, Didot, 1796, in-18.

Belles épreuves à toutes marges.

31. FURETIÈRE (De). Le Roman bourgeois. Nouvelle édition, revue de nouveau, corrigée, et augmentée de remarques historiques, d'un satyre en vers du même auteur, et de figures en taille-douce. *A Nancy, chez J.-B. Cusson*, 1712, in-12, mar. olive, fil., dos orné, dent. int., tr. rouges (*Rel. mod.*).

Editions ornée de 6 figures gravées à l'eau-forte.

32. GEDOYN (L'abbé). Pausanias, ou voyage historique de la Grèce, traduit en françois, avec des remarques. Par l'abbé Gedoyn. *A Pa-*

ris, chez Didot, 1731, 2 vol. in-4, veau fauve, fil., tr. dor. (*Rel. anc.*).

1 frontispice et 8 planches et cartes.

33. GESSNER (Salomon). Œuvres. *A Paris, chez Antoine Augustin Renouard*, an VII-1799, 4 vol. in-8, figures, cartonn., non rognés (*Cartonn. anc.*).

Exemplaire imprimé sur PAPIER VÉLIN.
Très bonnes épreuves des figures.
3 portraits et 48 figures par *Moreau*, gravées par *Baquoy*, *Dambrun*, *Delvaux*, *Dupréel*, *de Ghendt*, *Girardet*, *Lemire*, *Petit*, *Simonet* et *Trière*.

34. GŒTHE. Les Souffrances du jeune Werther. Traduction nouvelle, ornée de trois gravures en taille-douce. *A Paris, de l'imp, de P. Didot l'aîné*, 1809, in-8, demi-rel., chag. grenat, tête rouge, non rogné.

Exemplaire imprimé sur PAPIER VÉLIN, contenant les 3 figures de *Moreau le jeune*, gravées par *Simonet* et *E. de Ghent* en épreuves AVANT la lettre.

35. HAMILTON (Cte Antoine). Œuvres du comte Antoine Hamilton. *Paris, chez Ant.-Aug. Renouard*, 1812. 3 vol. in-8, demi-rel., mar. vert à longs grains, dos orné, ébarbés (*Thouvenin*).

Exemplaire imprimé sur PAPIER VÉLIN contenant les 4 figures de *Moreau*, gravées par *de Ghendt* et *Trière*, en épreuves AVANT la lettre et 8 portraits dessinés et gravés par *Saint-Aubin*. On a relié à la fin du tome III : *Suite des quatre Facardins et de Zeneyde contes d'Hamilton terminés par M. de Levis*. Paris, Aug. Renouard, 1813.

36. HÉNAULT (Le président). Nouvel abrégé chronologique de l'histoire de France. Nouvelle édition. *A Paris, de l'imprimerie de Prault*. 1768. 1 tome relié en 2 parties, vignettes, veau écaille, fil., dos orné, tr. marb. (*Rel. anc.*).

Exemplaire en GRAND PAPIER, 1 fleuron sur le titre, 1 portrait de la reine Marie Leszinska gravé par *Gaucher* d'après *Nattier*, dans la vignette de la dédicace gravée ; 3 vignettes par *Cochin*, gravées par *Moreau* ; 3 lettres ornées par *Chedel*, 30 culs-de-lampe par *Moreau* et 1 grand cul-de-lampe pour la fin du règne de Louis XIV (inséré en tête de la seconde partie).

37. HOMÈRE. Suite complète d'un frontispice, avec portrait d'Homère, et de 24 figures par Marillier, gravés par Dambrun, Delignon, de Ghendt, etc., pour l'*Illiade*. Paris, Imp. de Didot, l'aîné. 1786, in-4. — Suite de 24 figures pour l'*Illiade* par Duvivier, Moreau, Chasselat, gravées par Courbe, Delvaux, Mariage, etc. Epreuves datées de 1820. In-4.

Suites à grandes marges, la première est AVANT la lettre.

38. HORATIUS. Quinti Horatii Flacci opera. *Londini æneis tabulis incidit Johannes Pine*, 1733-1737, 2 vol. in-8 réglés, fig., mar. bleu, dent. sur les plats, dos orné, doubl. de tabis rose, pet. dent. int., tr. dor. (*Rel. anc.*).

Bel exemplaire de PREMIER TIRAGE.

39. HURTADO DE MENDOZA. Aventures et espiègleries de Lazarille de Tormes, écrites par lui-même. Nouvelle édition, ornée de quarante figures, dessinées et gravées par N. Ransonnette. *A Paris, de l'imprimerie de Didot jeune*. An IX (1801). 2 vol. gr. in-8, brochés.

Exemplaire NON ROGNÉ contenant les figures AVANT la lettre. Elles sont au nombre de 40, y compris les 2 frontispices.

40. JOSEPHUS FLAVIUS. Histoire des juifs, ecrite par Flavius Joseph, sous le titre Antiquitez judaïques, traduite par Arnauld d'Andilly. Nouvelle édition enrichie d'un grand nombre de figures en taille-douce. *A Amsterdam, chez les Frères Wetstein*. 1722. In-folio, veau fauve, fil., dos orné, tr. dor. (*Rel. anc.*).

Ouvrage orné d'un frontispice, de 3 cartes et d'un grand nombre de figures dans le texte gravées sur cuivre. Une partie des figures est de *Auton Santvoort*, élève de Rembrandt et sont gravées vers 1665. (Nagler. *Monogr.*, I, n° 1278).

41. JUSTINIANUS. Institutiones. *Ex officina Jacobi Giuntae Lugduni*. 1540. (A la fin :) *Excudebat... Lugduni, insignio typographus Joãnes Crispinus alias du Quarre*. 1541. In-8, goth., imprimé en rouge et noir, ais de bois, recouverts de peau de truie, estampée à froid, fermoirs (*Rel. anc.; un fermoir manque*).

42. LA BRUYÈRE. Les Caractères de Théophraste, traduits du grec, avec les caractères ou les mœurs de ce siècle. *Paris, E. Michallet*, 1688, in-12, mar. rouge, jans., tr. dor. (*Vve Brany*).

Seconde édition.

43. LA FAYETTE (Mme de). La Princesse de Montpensier. *Jouxte la copie. A Paris, chez Thomas Jolly*, 1671, pet. in-12, de 113 pp., mar. citron, fil., dos orné, dent. int., tr. dor. (*Amand*).

Exemplaire aux armes du comte de J. DE LAGONDIE.

44. LA FONTAINE. Fables de La Fontaine, avec figures (dessinées par Vivier), gravées par MM. Simon et Coiny. *A Paris, chez Bossange, Masson et Besson*, an IV-1796, 6 vol. pet. in-12, mar. rouge à longs grains, comp. de fil. et pet. dent., dos orné, doublé et gardes de tabis bleu ciel, dent. int., tr. dor. (*Simier*).

Orné d'un fontispice et de 275 figures.
Reliure fraîche.

45. LA FONTAINE. Contes et nouvelles en vers. *Amsterdam,* 1764, 2 vol in-8, port., figures et fleurons, mar. rouge, fil., tr. dor. (*Rel. anc.*).

Bel exemplaire de cette édition renfermant de jolies copies des figures de l'édition des fermiers généraux.

46. LA FONTAINE. Suite complète de 20 figures de Fragonard, pour les *Contes*. Paris, Didot, 1795, in-4.

Epreuves à toutes marges.

Les 3 planches suivantes : *Joconde (Le Pardon), le baiser rendu* et *la Fiancée du roi de Garbe,* sont en épreuves AVANT les numéros.

47. LA FONTAINE. Suite complète d'un portrait d'après Rigault, et de 8 figures par Moreau, gravées par Dambrun, Duhamel, Dupréel, etc., pour *Psyché et Cupidon*. Paris, Saugrain, 1797, in-12.

Jolie réduction des grandes figures de l'édition de l'an III.

48. LA MÉSANGÈRE. Costume parisien. *Paris,* 1824-1826, in-8, en feuilles.

Réunion de 87 planches gravées et coloriées : années 1824, 29 planches; 1825, 23 planches, et 1826, 35 planches.

On y a joint : 36 planches diverses provenant du *Petit Courrier des Dames*.

49. LANDON (C. P.). Annales du Musée et de l'Ecole moderne des beaux-arts. Recueil de gravures au trait, d'après les principaux ouvrages de peinture, sculpture, ou projets d'architecture, qui chaque année ont remporté le prix. etc. *A Paris, chez C. P. Landon.* 1801-1809. 17 vol. — Annales du Musée. Paysages et tableaux de genre. *Ibid., id.,* 1805-1808. 4 vol. — Salon de 1808. *Ibid., id.,* 1808. 2 vol. — Ens. 23 vol. in-8, cartonn., non rognés (*Cartonn. anc.*).

50. LA ROCHEFOUCAULD. Maximes et réflexions morales. *Paris, Imprimerie royale,* 1778, pet. in-8, veau marb., fil., tr. marb. (*Rel. anc.*).

Jolie édition; beau portrait gravé par *Choffard*.

51. LA ROCHEFOUCAULD. Maximes et réflexions morales. *A Paris, de l'imprimerie de P. Didot l'aîné. Lan IV de la Republique.* 1796. In-4, dos et coins chagrin vert, tr. jasp.

Edition très bien imprimée et tirée à 250 exemplaires sur papier de vélin.

52. LEGOUVÉ. Le Mérite des femmes, poëme. *Paris, imprimerie de P. Didot l'aîné,* an IX, in-16, figure d'Isabey, grav. par Duplessi-Bertaux, mar. bleu, fil., non rogné (*Cuzin*).

Exemplaire imprimé sur GRAND PAPIER VÉLIN.

53. LEROUX (P. J.). Dictionnaire comique, satyrique, critique burlesque, libre et proverbial. Nouvelle édition. *A Pampelune (Paris).* 1786. 2 vol. in-8, vélin à recouvrements, non rognés (*Cartonn. mod.*).

Edition regardée comme la plus complète.

54. LE SAGE. Meslange amusant de saillies d'esprit et de traits historiques les plus frappans, par M. le Sage. *Paris, Prault,* 1743; pet. in-8, mar. rouge, compart. de fil. à la Du Seuil, tr. dor. (*Vve Brany*).

Edition originale.
Cordier (H.). *Essai bibliographique sur les Œuv. de Lesage,* n° 914.

55. LESAGE. Histoire de Gil Blas de Santillane. *Londres, chez Longman, Hurst, Rees et Orme.* 1809. 4 vol. in-4, figures, mar. vert à longs grains, fil. et coins, dos orné, fil. int., tr. dor. (*C. Smith, Londres*).

Exemplaire imprimé sur grand papier vélin de format in-4, contenant les figures tirées sur papier de Chine. Reliure de l'époque.
24 figures par *Smirke,* gravées par *Amstrong, Golding, Neagle, Parker* et *Raimbach.*

56. LUCIEN. Les Œuvres de Lucian de Samosate, autheur grec, de nouveau traduites en françois et illustrées d'annotations & de maximes politiques en marge, par I.-B. (J. Baudoin). *A Paris, chez Jean Richer, s. d.* (1613), in-4, d'un titre gravé, 6 ff. prélim., 578 ff. chiff. 1-576 et 10 ff. de table, vélin, tr. rouges (*Rel. anc.*).

Curieux frontispice gravé par *J. Ziarnko.* Il est légèrement taché.

57. LUCRÈCE. Suite complète d'un frontispice et de 6 figures non signées attribuées à Monnet, pour *De la nature des choses.* Paris, Bleuet, 1795, in-8.

Epreuves avant la lettre, à toutes marges.

58. MACARTNEY (Lord). Voyage dans l'intérieur de la Chine et en Tartarie, fait dans les années 1792, 1793 et 1794. Rédigé sur les papiers de Lord Macartney, sur ceux du commodore Erasme Gower par Sir Georges Staunton. Traduit, avec des notes, par J. Castéra. *A Paris, chez F. Buisson. An 7 de la République* (1799), 5 vol. in-8, figures, veau fauve, fil., dos orné, tr. jaunes (*Rel. anc.*).

39 planches chiffrées, y compris le portrait de Macartney gravé par *R. de Launay,* d'après *Hickey.*
Reliures fraîches.

59. MAISTRE (Comte Xavier de). Voyage autour de ma chambre par M. le C. X**** (le comte Xavier de Maistre). *A Paris, chez Dufart,* an 5-1797, in-18, broché.

Edition ornée d'un joli frontispice gravé à l'eau-forte.

60. MANESSON MALLET (Allain). La Geometrie pratique, divisée en quatre livres. Ouvrage enrichi de cinq cens planches gravées en taille-douce. *A Paris, chez Anisson*, 1702, 4 vol. gr. in-8, veau marb., fil. à froid, dos orné, tr. marb. (*Rel. anc.*).

Ouvrage très intéressant par les nombreuses vues de chateaux historiques, principalement des environs de Paris, tels que Versailles, Saint-Cloud, Fontainebleau, etc., qui ornent les planches.

61. MARTINET (F.-N.). Description historique de Paris, et de ses plus beaux monumens, gravés en taille-douce par F.-N. Martinet; pour servir d'introduction à l'histoire de Paris & de la France. Par M. Béguillet [et M. Poncelin). *A Paris, chez les auteurs*, etc., 1779-1781, 3 vol. in-8, figures, veau fauve, fil., dos orné, tr. marb. (*Rel. anc.*).

Exemplaire bien complet des 57 gravures (y compris les frontispices titres gravés et vignettes), dont 39 planches, contenant chacune 2 vues de Paris; le tout gravé par *F.-N. Martinet.*

Le tirage des épreuves de cette édition, in-8, paraît avoir précédé, celui des épreuves de l'édition in-4. La vignette qui se trouve en tête de la page 1 dans l'édition in-4, est tirée hors texte dans celle-ci et plusieurs planches sont avant les numéros et l'indication des pages.

Les titre et frontispice du tome II ont des mouillures.

62. MARTINET (F.-N). Description historique de Paris et de ses plus beaux monuments, gravées en taille-douce par F.-N. Martinet. Pour servir d'introduction à l'histoire de Paris. Par M. Béguillet (et M. Poncelin). *A Paris, chez les auteurs, etc.*, 1779-1781, 3 vol. in-4, brochés, non rognés.

Exemplaire en GRAND PAPIER DE HOLLANDE, à toutes marges.

Piqûres de vers dans la marge du tome II.

63. MASSILLON. Sermons. *Paris*, 1745, in-12, mar. vert, jans., tr. dor. (*Allo*).

Ce volume renferme le *petit Carême*.

64. MERCIER (L.-S.). Tableau de Paris. Nouvelle édition. Corrigée & augmentée. *A Amsterdam*, 1783, 12 vol. gr. in-8, veau fauve, fil., tr. marb. (*Rel. anc.*).

Exemplaire grand de marges.

65. MERCIER. Suite complète d'un frontispice et de 96 figures à l'eau-forte par Dunker, pour le *Tableau de Paris*. Yverdon, 1785, in-4.

Suite complète.

Le frontispice et 6 planches sont un peu courtes.

66. MILLIN (Aubin-Louis). Voyage dans les départemens du midi de la France. *Paris, de l'Imp. imp.*, 1807-1809, 4 tomes en 5 vol. et

1 atlas in-4, demi-rel., veau fauve, dos orné, armoiries sur le dos, non rognés (*Bibolet*).

Un des ouvrages les plus intéressants de Millin.
L'atlas contient 83 planches. Les planches 25 et 52, coloriées, représentant des costumes.
Le dos du tome Ier est légèrement cassé.

67. **MOLIÈRE.** Œuvres. Nouvelle édition. *A Paris*, 1734, 6 vol. in-4, figures, veau jasp., armoiries sur le premier plat, dos orné, tr. jasp. (*Rel. anc.*).

Très bel exemplaire de PREMIER TIRAGE et avec le feuillet original qui contient encore le nom de Climène dans la liste des acteurs de la pièce *Le Sicilien*.
1 portrait par Coypel, gravé par *Lepicié*, 1 fleuron sur le titre qui sert pour chaque volume, 33 figures par *Boucher*, gravées par *Laurent Cars*, et 198 vignettes et culs-de-lampe par *Boucher*, *Blondel* et *Oppenord*, gravés par *Joullain* et *Laurent Cars*.
On y a joint un portrait de Boucher gravé par *L. Bosse* d'après *Roslin* un portrait de Molière gravé par *Petit*, tous les deux in-4.

68. MORERI (Louis). Le grand dictionnaire historique, ou le mélange curieux de l'histoire sacrée et profane. Septième édition. *A Amsterdam, chez Boom & Van Someren, etc.*, 1694, 4 vol. in-folio, réglés, veau marb, tr. dor. (*Rel. anc.*).

69. NORMAND FILS (Louis-Marie). Recueil de 38 planches gravées par L. Normand fils, représentant l'ensemble et les détails de la colonne de Vendôme. En 1 vol. in-4, cartonn. (*Cart. anc.*).

Sur le feuillet de garde une note au crayon : *offert à Dieu par son ami* L. NORMAND FILS.

70. OVIDE. Métamorphoses. Traduction nouvelle avec le texte latin, suivie d'une analyse de l'explication des fables, de notes géographiques, etc., par M. G.-T. Villenave ; ornée de gravures d'après les dessins de MM. Lebarbier, Monsiau et Moreau. *A Paris, F. Gay ; Ch. Guestard*, 1806, 4 vol. gr. in-4, demi-rel., mar. rouge à longs grains, dos orné, tr. dor. (*Rel. romant.*).

144 figures, y compris le frontispice, par *Lebarbier*, *Monsiau* et *Moreau*, gravées par *Baquoy*, *Courbe*, *Dambrun*, *Delvaux*, *de Ghendt* et autres.
De la bibliothèque de Jules Janin.

71. PARNY (Evariste). Œuvres d'Evariste Parny. *A Paris, chez Debray*, 1808, 5 vol. in-12, demi-rel., veau grenat, dos orné, non rognés (*Rel. de l'époque*).

72. PLUTARQUE. Œuvres, traduites du grec par Jacques Amyot. *A Paris, chez Jean-François Bastien*, 1784, 18 vol. in-8, veau porphyre, fil., dos orné, tr. dor. (*Rel. anc.*).

73\. RACINE. Œuvres de Racine. Nouvelle édition. *A Paris, [les libraires associés]*, 1741, 2 vol., pet. in-8, mar. rouge, fil., fleurons aux angles, dos orné, tr. dor. (*Rel. anc.*).

Édition ornée d'un portrait, de 2 frontispices et de 12 figures non signées.

Bel exemplaire dans une reliure très fraîche.

74\. RACINE (Jean). Théâtre complet de Jean Racine orné de cinquante-sept gravures d'après les compositions de Girodet, Gérard, Chaudet, Prud'hon, Taunay et autres. *A Paris, de l'Imprimerie de P. Didot l'aîné*, 1816, 3 vol. in-8, dos et coins mar. bleu, tête dor., non rognés (*Fock*).

Exemplaire imprimé sur GRAND PAPIER VÉLIN contenant les 57 figures en DEUX états : AVANT et avec la lettre.

75\. RACINE. Suite complète du portrait par Santerre, gravé par Gaucher et des 12 figures de Le Barbier, gravées par Thomas, Dambrun, Baquoy, etc., pour les *Œuvres*. Paris, Déterville an IV-1796, in-8. — Suite complète du portrait par Saint-Aubin et des 12 figures de Moreau, gravées par Simonet, Trière, de Ghendt, etc., pour l'édition de Paris, Renouard, 1805, in-8 (Une figure est en épreuve avant la lettre). — Ens. 2 suites complètes.

La seconde est NON ROGNÉE.

76\. RAYNAL (Thomas). Histoire philosophique et politique des établissements et du commerce des Européens dans les deux Indes. *A Genève, chez Jean-Léonard Pellet*, 1780, 10 vol. in-8, et 1 atlas in-4, mar. rouge à longs grains, dos orné, dent. int., tr. dor. (*Rel. anc.*).

Reliure très fraîche de *Bozérian*, signée.

1 portrait et 9 (sur 10) figures de *Moreau*, gravées par *Berthet, Bovinel, Jourdan* et *Villerey*.

L'atlas contient 50 cartes coloriées.

On a inséré dans le 6e et 7e tome 2 figures, provenant de l'édition de La Haye, 1774.

77\. REGNARD. Œuvres, nouvelle édition, revue, exactement corrigée, et conforme à la représentation. *A Paris, chez Maradan*, 1790, 4 vol. gr. in-8, papier de Hollande, figures, veau racine, pet. dent., dos orné, tr. dor. (*Rel. anc.*).

1 portrait non signé et 12 figures, dont 9 par *Borel*, gravées par *T.-F. Viguet, L. Crontelle, Halbou, Duhamel* et *J. Le Roy*.

78\. RESTIF DE LA BRETONNE. Les Gynographes, ou idées de deux honnêtes-femmes sur un projet de reglement proposé à toute l'Europe, pour mettre les femmes à leur place, & opérer le bonheur de deux sexes. *A La-Haie, chés Gosse & Pinet. Et se trouve à*

Paris, chés Humblot, 1777, 2 parties en 1 vol. in-8, cartonn. papier rouge, non rogné.

1 figure-frontispice, remargée.

79. RESTIF DE LA BRETONNE. Suite complète de 16 frontispices et de 102 figures par Binet, ou non signées, pour le *Paysan et la paysanne pervertis*. La Haie et Paris, 1776-1784, in-12.

Epreuves remontées sur papier de format in-4. Voir : P. Lacroix. Restif de la Bretonne, pages 131-134 et 224-226.

80. RIZZI ZANNONI. Atlas historique de la France ancienne et moderne. Dressé pour servir à la lecture de l'Histoire de MM. Velly et Villaret. Par M. Rizzi Zannoni. Mis au jour et dirigé par le S. Desnos. *A Paris*, 1766, in-4, veau fauve, fil., dos orné, tr. rouges (*Rel. anc.*).

61 planches y compris le titre et la dédicace.

Le beau titre est gravé par *Le Charpentier*. Les cartes, qui se trouvent dans des encadrements ornementaux, sont coloriées.

A la fin du volume, un Catalogue des ouvrages du fonds du Sr Desnos, daté de 1765.

81. ROSSET (De). Suite complète de 2 frontispices gravés par Le Gouaz, d'après St-Quentin et de 6 figures par Loutherbourg, gravées par Leveau, Lingée, Ponce, etc., pour l'*Agriculture*. Paris, Moutard, 1774, in-4.

Grandes marges.

82. ROUSSEAU (J.-J.). Suite complète de 12 titres avec fleurons, et 37 figures par Moreau, Le Barbier, gravées par Choffard, Dambrun, de Launay, etc., pour les *Œuvres*. Londres (Bruxelles), 1774-1783, in-4.

On y a joint une figure par Monsiau, gravée par Ponce représentant le tombeau de Rousseau à Ermenonville.

Le portrait manque.

83. SAINT-PIERRE (Bernardin de). Paul et Virginie. *A Paris, de l'Imp. de Monsieur*, 1789, in-18, en feuilles, dans une reliure en veau.

Edition ornée de 4 figures par *Moreau*, gravées par *Girardet*, *de Longueil*, etc.

Exemplaire dérelié.

84. SAVÉRIEN (Alex.). Histoire des philosophes modernes, avec leur portrait gravé dans le gout du crayon, d'après les desseins des plus grand peintres. Par M. Saverien. Publiée par François, graveur. *A Paris, de l'imprimerie de Brunet*, 1760, 4 (sur 8) parties en 1 vol. in-4, veau marb., fil., dos orné, tr. dor. (*Rel. anc.*).

4 parties seules, contenant 4 titres gravés, 28 portraits et 15 planches d'allégories ; le tout gravé par *François* à l'aide de son procédé dit *en manière de crayon* et tiré à la sanguine.

85. SCARRON. Œuvres. Nouvelle édition. *A Amsterdam, chez J. Wetstein*, 1702, 7 vol. pet. in-12, figures, mar. citron, fil., dos orné, dent. int. (*Hardy*).

1 portrait de Scarron, 1 fleuron pour les sept volumes, et 6 figures par *Paell* et *Dubourg*, gravées par *Folkéma*.
Exemplaire NON ROGNÉ.

86. SPECTATEUR (Le) ou le Socrate moderne ; où l'on voit un portrait naïf des mœurs de ce siècle. Traduit de l'Anglois. Nouvelle édition, revue. *A Paris, chez Merigot*, etc., 1755, 3 vol. in-4, veau porphyre, marb., dos orné, tr. marb. (*Rel. anc.*).

Ouvrage publié par Steele, avec la collaboration de Addison, Hughes, Budget, Pope, Pearce, Byron, Grove, Tickell.

87. STATUTS (Les) de l'Ordre du St Esprit, estably par Henri IIIme roy de France l'an 1578 (*Paris*) *De l'Imprimerie royale*, 1740, in-4, mar. rouge, pet. dent. fleurdelisée, coins ornés de l'emblème du S. Esprit, dos fleurdelisé, dent. int., tr. dor. (*Rel. anc.*).

Reliure aux armes de LOUIS XV.
Titre orné, 2 vignettes, des en-têtes et culs-de-lampe, gravés par *Seb. Le Clerc*.

88. STRADAN (Joh.). Venationes ferarum, avium, piscium, pugnae bestiarum, depictae a Johanne Stradano : editae a Philippo Gallaeo, carmine illustratae a C. Kiliano Dufflaeo (*Antverpiae*, vers 1580), in-4 oblong, vélin, compart. de fil., milieu orné, tr. dor. (*Rel. de l'époque, fatiguée*).

104 planches, dessinées par *J. Stradan*, gravées par *Cornel. Galle* et *J. Collaert*, représentant différentes scènes de chasses, de pêches, etc., etc.
Le titre frontispice ne s'y trouve qu'à moitié.
Petites déchirures dans quelques marges et quelques taches.

89. SULLY. Mémoires de Maximilien de Bethune, duc de Sully, principal ministre de Henry le Grand. Mis en ordre : avec des remarques. Par M. L. D. L. D. L. (l'abbé de L'Ecluse des Loges). *A Londres* (*Paris*), 1745, 3 vol. in-4, veau marb., fil., fleurons aux angles, dos orné, dent. int., tr. dor. (*Rel. anc.*).

Bel exemplaire imprimé sur GRAND PAPIER.
On a intercalé dans le tome Ier les portraits de Sully et de Henri IV par *Odieuvre*.

90. SWIFT. Suite complète des 10 figures par Lefebvre, gravées par Masquelier, pour les *Voyages de Gulliver*. Paris, Didot, 1797, in-18.

Belles épreuves à toutes marges.

91. TASSE (Le). Jérusalem délivrée. Poeme, traduit de l'italien (par Le Brun). Nouvelle edition revue et corrigée ; enrichie de la vie du

Tasse (par Suard). *A Paris, chez Bossange, Masson et Besson, an XI*, 1803, 2 vol. in-8, figures, cartonn. non rognés (*Cartonn. anc.*).

Portrait par *Chasselat*, gravé par *Delvaux* et 20 figures par *Le Barbier*, gravées par *Bovinet*, *Courbe*, *Dambrun*, *Delignon*, *Delvaux*, *de Ghendt*, *Dupréel*, *Langlois* et autres.

92. THUCYDIDE. L'histoire de Thucydide Athenien, de la guerre qui fut entre les Peloponnesiens et Atheniens. Translatee en langue Françoyse par feu Messire Claude de Seyssel (A la fin :) *Et imprime a Paris en lhostel de maistre Josse Badius... acheve le dixiesme iour Daoust, Lan Milcinqcens vingtsept* (1527), in-fol., car. ronds, de 16 ff. prélim. et 281 ff. chiff., bordure, basane brune, compart. de fil., tr. jasp. (*Rel. anc., défraichie*).

Première version française.
Sur le titre, une bordure gravée sur bois.
Exemplaire grand de marges. Légères mouillures.

93. THÉATRE DES GRECS, par le P. Brumoy, Nouvelle édition (rédigée par André Charles Brotier neveu), enrichie de très belles gravures, & augmentée de la traduction entière des pièces grecques dont il n'existe que des extraits dans toutes les éditions précédentes; et de comparaisons, observations... par MM. de Rochefort et Du Theil et par M*** (Pierre Prévost et A.-C. Brotier). *A Paris, chez Cussac*, 1785-1789, 13 vol. in-8, veau écaille, fil., dos orné, tr. marb. (*Rel. anc.*).

Exemplaire sur PAPIER VÉLIN, contenant les figures AVANT LA LETTRE.
23 figures, y compris le frontispice, par *Borel*, *Defraine*, *Le Barbier*, *Maréchal*, *Marchand*, *Marillier* et *Monnet* gravées par *Delignon*, *Guttenberg*, *Halbou*, etc.

94. THÉOPHILE. Œuvres du sieur Theophile. *Paris, Jacques Quesnel*, 1621, 2 part. en 1 vol. in-8, mar. brun, jans., tr. dor. (*Hardy-Mennil*).

95. TIEPOLO (Giov. Domenico). Idee pittoresche sopra la fugga in Egitto di Giesu, Maria e Gioseppe. Opera inventata ed incisa da me Gio. Domenico Tiepolo in corte di detta Sua Altezza Reverendissima. &c., &c. Anno 1753, gr. in-4, oblong, veau racine (*Rel. anc.*).

Suite de 27 planches dessinées et gravées par *Giov. Dom. Tiepolo*, en épreuves avant les numéros, comprenant 1 titre gravé, 1 planche de dédicace (texte), 1 planche contenant les armes et une vue du palais de l'évêque de Wurzbourg et 24 gravures représentant les épisodes de la Fuite en Egypte.
Grandes marges.
Cachet de bibliothèque sur la marge du titre.
On y a joint 3 planches gravées par le même artiste d'après des fresques de son père Jean-Baptiste.
Une pièce est tachée.

96. TIEPOLO (Giov. Battista). Varij Cappriccj Inventati, ed Incisi dal celebre Gio. Battista Tiepolo novamente Pubblicati e dedicati al Nobile Signore l'ill^mo S. Girolamo Manfrin. 1785. In-4, en feuilles.

Suite complète comprenant 1 titre gravé et 10 planches.

97. VEGÈCE. Flaue Uegece Rene homme noble et illustre | du fait de guerre : et fleur de cheualerie quatre liures. Etc. Traduicts fidellement de latin en françois ⁊ collationez (par le polygraphe humble secretaire ⁊ historien du parc dhonneur) aux liures anciens | tant a ceulx de Bude | que Beroalde | et Bade (par N. Wolkir). *Imprime a Paris par Chrestian wechel.* 1536. In-fol., goth., de 6 ff. prélim., 320 pp. chiff. et 2 ff. non chiff., figures, veau fauve, fil. à froid, dos orné, tr. rouges (*Rel. anc.*).

Edition ornée de grandes figures gravées sur bois, dont une par un artiste allemand.
Quelques petites taches.

98. VILLAMONT. Les Voyages du seigneur de Villamont, chevalier de l'Ordre de Hierusalem. Derniere édition. Reveue, corrigée, & cottée par l'autheur. *A Lyon, par Claude Lariot.* 1606. In-8, 8 ff. prélim., 512 pp. chiff. 1-510, et 20 ff. de table, vélin.

Voyages en Italie, Grèce, Terre-Sainte, Syrie, Egypte et autres lieux.

99. VILLON. Œuvres de François Villon, avec les remarques de diverses personnes. *La Haye, Adrien Moetjens,* 1742, in-12, mar. bleu, compart. de fil. à la Du Seuil (*Thouvenin*).

Exemplaire entièrement NON ROGNÉ.

100. VOLTAIRE. Suite complète de 10 figures par Moreau, gravées par Trière, de Launay, Dambrun, etc., pour la *Henriade.* Kehl, 1789, in-4.

Belles épreuves à toutes marges.

101. VOYAGES EN FRANCE de Chapelle et Bachaumont Piron, Lafontaine, Regnard Lefranc de Pompignan, Fléchier, Gresset, Bertin, Desmahis, Bérenger, Bret et autres. Ornés de 32 gravures, dessinées et gravées par les meilleurs artistes. *A Paris, chez Jos. Chamerot,* 1808, 5 vol. in-18, cart. papier orange, pet. dent. sur les plats, non rognés (*Cart. de l'époque*).

Figures dessinées par *Monnet, Duplessis-Bertaux, Lebrun, Lemire* et *Marillier* et gravées par *Gaucher, Pauquet, Baquoy, Gaitte, Delignon, Dupréel, Borinet,* etc., etc.

102. WATERLOO (Ant.). Suite de quatre-vingt-huit paysages, de différentes grandeurs, composés et gravés à l'eau-forte, par Ant. Waterloo, peintre hollandais. Né à Utrecht en 1618, mort en 1660.

Se vend à Paris chez Basan. S. d. In-folio, demi-rel. mar. vert à longs grains, ébarbé.

88 gravures de différents formats sur 39 feuilles, tirées au XVIIIe siècle sur les planches originales gravées par *Ant. Waterloo*.
Elles sont précédées d'un titre et de 2 ff. de table imprimés.

II. — LIVRES MODERNES ILLUSTRÉS.

103. ABAILARD. Lettres d'Abailard et d'Héloïse, traduites sur les manuscrits de la Bibliothèque royale par E. Oddoul; précédées d'un essai historique, par M. et Mme Guizot. Edition illustrée par J. Gigoux. *Paris, E. Houdaille.* 1839. 2 tomes en 1 vol. gr. in-8 dérelié, dos et coins chagrin vert, dos orné, non rognés (*Rel. de l'époque*).

PREMIER TIRAGE.
C'est un des exemplaires qui n'a pas le texte latin.
Les figures sont avant toute lettre, sur papier de Chine.

104. ADAM (Mme Edmond) [Juliette Lamber]. Récits d'une paysanne. Illustrations de G. Fraipont. *Paris, J. Lemonnyer,* 1885, in-8, broché.

Un des 25 exemplaires (n° 110) imprimés sur PAPIER DE CHINE, contenant le TIRAGE A PART, en bistre, de toutes les vignettes.

105. ALMANACH DES DAMES pour l'an 1840, in-24, mar. brun à longs grains, plaque dorée, dos orné, tr. dor., étui de mar. brun.

Reliure romantique.

106. AUCASSIN ET NICOLETTE, chante-fable du douzième siècle traduite par A. Bida. Revision du texte original et préface par Gaston Paris. *Paris, Hachette et Cie,* 1878, in-8, broché.

Texte encadré d'un filet rouge, et 9 eaux-fortes hors texte, tirées sur Chine.

107. BALZAC. La Peau de chagrin. Etudes sociales. *Paris, H. Delloye, Victor Lecou,* 1838, gr. in-8, fig., mar. bleu foncé, encad. de fil. droits et courbes et de fers dor., lettres A. N. sur les plats, dos orné, pet. dent. int., tr. dor. (*Rel. de l'époque*).

Exemplaire du PREMIER TIRAGE.

108. BALZAC. Œuvres complètes de H. de Balzac. *Paris, Al. Houssiaux,* 1855, 20 vol. in-8, brochés.

Tous les volumes portent la date de 1855; figures.

109. BALZAC. Les Contes drolatiques. *Paris, ez bureaux de la Société générale de librairie,* 1855, in-8, broché.

PREMIER TIRAGE des illustrations de *G. Doré.*
La couverture, datée de 1857, est au nom de Delahays.

110. BALZAC. Les Contes drolatiques colligez ez abbayes de Touraine et mis en lumière par le sieur de Balzac pour l'esbattement et non aultres. Sixiesme édition illustrée de 425 dessins par Gustave Doré. *Paris, Garnier frères, s. d.* (1861), in-8, dos et coins mar. orange, tête dor., non rogné, couvert. (*Fock*).

111. BALZAC. Le Père Goriot, scènes de la vie parisienne. Dix compositions par Lynch, gravées à l'eau-forte par E. Abot. *Paris, A. Quantin,* 1885, in-8, broché.

De la collection *Les chefs-d'œuvre du roman contemporain.*

112. BALZAC. Suite complète de 10 eaux-fortes par Lynch, gravées par Abot, pour *le Père Goriot.* Edition des « Chefs-d'œuvre du roman contemporain ». Paris, Quantin, 1885, in-4.

Epreuves d'artiste avant la lettre, tirées à 5 exemplaires pour le graveur, sur Hollande de format in-4.

113. BALZAC. Le Colonel Chabert. Avec un portrait et six compositions de Delort, gravées par Boisson. *Paris, Calmann-Lévy,* 1886, pet. in-8, mar. rouge, encad. de 6 fil., coins ornés, tr. dor. sur témoins (*Marius Michel*).

Un des 225 exemplaires imprimés sur PAPIER VÉLIN pour la Librairie Conquet. Celui-ci renferme les illustrations en DEUX états.

114. BALZAC. Suite complète de 10 compositions par G. Caïn, gravées à l'eau-forte par Gaujean et Géry-Richard, pour la *Cousine Bette,* édition des « Chefs-d'œuvre du roman contemporain ». *Paris, Quantin,* 1888, in-4.

Epreuves d'artistes en deux états : EAUX-FORTE PURES et avant la lettre avec remarque, tirées sur papier du Japon.

115. BALZAC. La Femme de trente-ans. Couverture illustrée et 35 compositions par A. Robaudi gravées au burin et à l'eau-forte par Henri Manesse. *Paris, L. Carteret et Cie,* 1902, gr. in-8, dos et coins mar. bleu, fil., dos orné, tête dor., non rogné (*Couvert. illust.*).

Exemplaire n° 195 imprimé sur papier vélin du Marais.

116. BARBEY D'AUREVILLY (J.). Le Chevalier des Touches. Dessins de Julien Le Blant, gravés par Champollion. *Paris, Lib. des bibliophiles,* 1886, pet. in-8, broché.

117. BARTHÉLEMY. Douze journées de la Révolution, poèmes. *Paris, Perrotin*, 1835, in-8, broché.

Édition ornée de 12 vignettes par *Raffet*, gravées à l'eau-forte. La couverture est celle de la 12e livraison.

118. BARTHÉLEMY. Némésis. Quatrième édition ornée de 15 gravures d'après les dessins de Raffet. *Paris, Perrotin*, 1835, 2 vol. in-8, dos et coins mar. orange, tête dor., non rognés (*Fock*).

Premier tirage des illustrations de *Raffet*.

119. BAUDELAIRE. Dix compositions à l'eau-forte pour illustrer les « *Fleurs du mal* » de Charles Baudelaire, dessinées par Alex. Hannoteau. *Bruxelles, L. de Meuleneere*, 1886, in-8, en feuilles, dans un carton.

120. BEATTIE (William). La Suisse pittoresque, ornée de vues dessinées spécialement pour cet ouvrage par W.-H. Bartlett, esq., accompagnée d'un texte par William Beattie. Traduit de l'anglais par L. de Bauclas. *Londres, G. Virtue*, 1836, 2 vol. in-4, demi-rel. chagrin vert, non rognés (*Rel. de l'époque*).

2 frontispices, 104 planches de vues gravées sur acier et une carte de la Suisse.

121. BEAUMARCHAIS. Le Barbier de Séville. Cinq eaux-fortes de Valton, gravées par Abot. — Le Mariage de Figaro. Cinq eaux-fortes de Valton gravées par Abot. *Paris, A. Quantin*, 1884, 2 vol. (Exemplaires imprimés sur papier du Japon). — Maistre (Xavier de). Voyage autour de ma chambre. Préface par Alex. Piédagnel. Portrait inédit. Six gravures de C. Delort. *Ibid., id.*, 1882 (Exemplaire imprimé sur papier vélin). — Ens. 3 vol. in-18, brochés.

De la « *Petite bibliothèque de poche* ».

122. BEAUMARCHAIS. Suite d'un portrait et de 4 vignettes gravées à l'eau-forte par Abot, pour le « *Barbier de Séville* » in-16.

Épreuves d'artiste, tirées sur papier du Japon de format in-4.

123. BEAUMONT (Ed. de). L'Épée et les femmes. Cinq dessins de Meissonier, tirés hors texte. *Paris, Libr. des bibliophiles*, 1881, gr. in-8, broché.

Un des 25 exemplaires (no 11) imprimés sur papier Whatman, contenant les eaux fortes en trois états.

124. BEAUMONT (L. de). Sempervirens. 29 compositions par F. Lunel. *Paris, Floury*, 1896. — Saint-Juirs. Le Cabaret des Trois vertus. Illustrations de Daniel Vierge. *Paris, Tallandier, s. d.* — Silvestre (Armand). La Plante enchantée, illustrée par A. Robida. *Paris, Libr. illustrée*, 1895. — Ens. 3 vol. in-4, brochés.

125. BÉRANGER. Chansons anciennes, nouvelles et inédites, avec des vignettes de Deveria et des dessins coloriés d'Henri Monnier; suivies des procès intentés à l'auteur. *Paris, Baudouin frères*, 1828, 2 tomes en 1 vol. in-8, mar. rouge à longs grains, comp. de dent. à froid, plaque dorée dite à la cathédrale, dos orné, tr. dor. (*Rel. de l'époque*).

Cet exemplaire renferme 49 vignettes hors texte par *Devéria, Bellangé, Adam*, etc., gravées sur acier, et 34 figures par *H. Monnier*, coloriées.

126. BÉRANGER. Œuvres complètes de P.-J. de Béranger. Édition unique revue par l'auteur ornée de 104 vignettes en taille-douce dessinées par les peintres les plus célèbres. *Paris, Perrotin*, 1834, 4 vol. in-8, dos et coins chag. rouge, fil., non rognés (*Rel. de l'époque*).

Édition ornée d'un portrait de Béranger et de vignettes gravés sur acier.

127. BÉRANGER. Œuvres complètes. Nouvelle édition revue par l'auteur, illustrée de 52 belles gravures sur acier entièrement inédites d'après les dessins de MM. Charlet, A. de Lemud, Johannot, Daubigny, Pauquet, etc., etc. *Paris, Perrotin*, 1847, 2 vol. in-8, demi-rel. chagrin noir, non rognés.

PREMIER TIRAGE.

128. BÉRANGER. Œuvres complètes. Nouvelle édition revue par l'auteur, illustrée de 52 belles gravures sur acier entièrement inédites, d'après les dessins de MM. Charlet, A. de Lemud, Johannot, Daubigny, Pauquet, etc., etc. *Paris, Perrotin*, 1847, 2 vol. in-8, demi-rel. chagrin rouge, tr. jasp.

PREMIER TIRAGE.

129. BÉRANGER. Suite complète des 120 figures de Grandville et Raffet, gravées sur bois, pour l'édition de Paris. Fournier, 1836, in-8, broché.

PREMIER TIRAGE.
Épreuves tirées SUR PAPIER DE CHINE.

130. BÉROALDE DE VERVILLE. Le Moyen de parvenir. Œuvre contenant la raison de ce qui a esté, est et sera, avec démonstrations certaines selon la rencontre des effects de vertu. Nouvelle édition, collationnée sur les textes anciens, avec notes, variantes, index, glossaire et notice bibliographique par un bibliophile campagnard. *Paris, Léon Willem*, 1870-1872, 2 vol. pet. in-8, brochés.

Édition tirée à petit nombre, ornée d'une vignette gravée sur bois en tête de chaque chapitre.

131. BIJOUX (Les) des nœufs sœurs. Illustrations de Cortazzo. *Paris, Rouveyre et Blond*, 1884. — Étincelle (B^onne Double). Carnet d'un mondain. Gazette parisienne, anecdotique et curieuse. 100 illustrations en noir et 5 planches en couleurs par A. Ferdinandus. *Ibid., id.*, 1881. — Labessade (Léon de). Les Ruelles du xviiie siècle. *Ibid., id.*, 1879, 2 vol. — Ens. 4 vol. in-8, brochés.

132. BOCCACE. Les dix journées de Jean Boccace. Traduction de Le Maçon, réimprimée par les soins de D. Jouaust, avec notice, notes et glossaire par M. Paul Lacroix. Onze eaux-fortes par Flameng. *Paris, Libr. des bibliophiles*, 1873, 10 vol. in-8, broches.

Un des 150 exemplaires (n° 52) imprimés sur papier de Hollande.

133. BONNETAIN (Paul). L'Extrême-Orient. Ouvrage illustré de nombreux dessins d'après nature, et accompagné de trois cartes, dressées d'après les documents les plus récents. *Paris, Quantin, s. d.* (1887), gr. in-8, broché.

134. BOUCHOT (Henri). Catherine de Médicis. *Paris, Boussod, Manzi, Joyant et Cie*, 1899, in-4, illustrations d'après des documents contemporains, broché.

Exemplaire (n° 563) imprimé sur papier vélin.

135. BOURGET (Paul). Cosmopolis, roman illustré d'aquarelles par Duez, Jeanniot et Myrbach. *Lemerre*, 1893. — Daudet (Alphonse). Tartarin sur les Alpes et Port-Tarascon. Illustrés d'aquarelles par Aranda, de Beaumont, Myrbach, etc. *Calmann-Lévy et Dentu*, 1885-1890, 2 vol. — Loti (Pierre). Madame Chrysanthème. Dessins et aquarelles de Rossi et Myrbach. *Calmann-Lévy*, 1888. — Sand (George). François le Champi. Dessins et aquarelles de Eug. Burnand. *Calmann-Lévy*, 1888. — Ens. 5 vol. in-8, brochés.

Éditions du « Figaro ».

136. BRANTOME. Les sept discours touchant les dames galantes du sieur de Brantome, publiés sur les manuscrits de la Bibliothèque nationale par Henri Bouchot. Dessins d'Edouard de Beaumont gravées par E. Boilvin. *Paris, Libr. des bibliophiles*, 1882, 3 vol. in-8, brochés.

Un des 170 exemplaires (n° 193) imprimés sur papier de Hollande.

137. BRILLAT-SAVARIN. Physiologie du gout ; avec une préface par Ch. Monselet. Eaux fortes par Ad. Lalauze. *Paris, Libr. des bibliophiles*, 1879, 2 vol. in-8, brochés.

Un des 170 exemplaires (n° 123) imprimés sur papier de Hollande.

138. BYRON (Lord). Suite complète de 24 portraits et 96 figures gravés sur acier, par Lawrence, Stone, Parris, Turner, etc., pour les *Œuvres* édition publiée à Londres par J. Murray, 1832-1834.

En 1 vol. pet. in-4, mar. violet à longs grains, comp. de fil dorés et dent. à froid, milieu et dos ornés, tr. dor. (*Rel. de l'époque*).

Epreuves du PREMIER TIRAGE avec les légendes en anglais.

139. BYRON DES DAMES (Le); or portraits of the principal female characters in lord Byron's poems. Engraved from original paintings by eminents artists. *London, Charles Tilt*, 1837, in-4, chagr. rouge, ornements à froid aux angles, grand médaillon doré au milieu, dos orné, tr. dor. (*Rel. de l'époque*).

39 portraits gravés sur acier.

140. CAHIERS (Les) du Capitaine Coignet, (1776 1850), publiés d'après le manuscrit original par Lorédan Larchey. Illustrés par J. Le Blant. *Paris, Hachette et Cie*, 1888, in-4, broché.

Nombreuses illustrations dans le texte et hors texte.

141. CARLOCHRISTI. Contes pantagruéliques. Premier Sizain. *Paris, L. Conard, H. Champion*, 1905, pet. in-4, broché.

Texte imprimé en caractères gothiques ; encadrements et figures gravés sur bois.
Exemplaire (n° 40) au nom de M. A. Mariani.

142. CENT NOUVELLES NOUVELLES (Les dix dizains des) réimprimées par les soins de D. Jouaust, avec notice, notes et glossaire par M. Paul Lacroix. Dessins gravés de Jules Garnier. *Paris, Lib. des bibliophiles*, 1874, 10 vol. in-8, brochés.

Un des 170 exemplaires (n° 46) imprimés sur PAPIER DE HOLLANDE.

143. CENT NOUVELLES NOUVELLES. Suite complète des 10 figures de Garnier, reproduites par l'héliogravure, et gravées par A. Lalauze, pour l'edition publiée par Jouaust. Paris, 1874, in-16.

Epreuves avec la lettre, tirées sur papier de Hollande.

144. CERVANTES. L'Ingénieux hidalgo don Quichotte de La Manche, par Miguel de Cervantès Saavedra, traduit et annoté par Louis Viardot. Vignettes de Tony Johannot. *Paris, J.-J. Dubochet et Cie*, 1836-1837, 2 vol. gr. in-8, cartonn., demi-basane bleue, non rognés (*Rel. de l'époque*).

PREMIER TIRAGE.
Petite mouillure à quelques feuillets du premier volume.

145. CERVANTÈS. L'ingénieux hidalgo don Quichotte de La Manche par Miguel de Cervantès Saavedra. Traduction de Louis Viardot avec les dessins de Gustave Doré gravés par H. Pisan. *Paris, L. Hachette et Cie*, 1863, 2 vol. in-fol., cartonn. toile rouge des éditeurs.

PREMIER TIRAGE.

146. CERVANTÈS. Rinconète et Cortadillo, nouvelle. Soixante-sept compositions par H. Atalaya. Traduction et notes de Louis Viardot. *Paris, H. Launette*, 1891, gr. in-8, broché.

147. CHAMPFLEURY. Le Violon de faïence, dessins en couleur par Émile Renard, eaux-fortes par J. Adeline. *Paris, Dentu*, 1877, in-8, broché.

148. CHAMPFLEURY. Le Violon de faïence. Nouvelle édition illustrée de 34 eaux-fortes de Jules Adeline. Avant-propos de l'auteur. *Paris, L. Conquet*, 1885, pet. in-8, broché.

Exemplaire (n° 300) imprimé sur papier vélin du Marais à la forme. On y a ajouté La Légende du violon de faïence. *Paris, Conquet*, 1895, petit in-8, broché.

149. CHAMPFLEURY. Contes choisis. Nombreuses illustrations dans le texte à l'eau-forte et en typographie par Evert van Muyden. *Paris, Quantin*, 1889, in-8, broché.

150. CHAMPFLEURY. Histoire de la caricature antique, au Moyen-âge et sous la Renaissance, sous la Réforme et la Ligue, Louis XIII à Louis XVI, sous la République, l'Empire et la Restauration, de la caricature moderne. *Paris, Dentu, s. d.*, 5 vol. — Le Musée secret de la caricature. *Ibib., id.*, 1888. — Histoire de l'imagerie populaire. *Ibid., id.*, 1869. — Ens. 7 vol. in-12, dont 5 demi-rel. mar. grenat, tête dor., non rognés, et 2 brochés.

151. CHAMPFLEURY. Suite de 4 eaux-fortes par Legros, pour les *Souvenirs des funambules*, in-8.

152. CHAMPIER (Victor). Les anciens almanachs illustrés. Histoire du calendrier depuis les temps anciens jusqu'à nos jours. Ouvrage accompagné de 50 planches hors texte en noir et en couleur reproduisant les principaux almanachs illustrés ou gravés par Léonard Gaultier, Crispin de Pas, Abraham Bosse, de Larmessin, Lepautre, etc., etc. *Paris, L. Frinzine et Cie*, 1886, in-fol., en feuilles dans un carton.

153. CHANTS ET CHANSONS POPULAIRES DE LA FRANCE (*Paris*). *H.-L. Delloye, éditeur. Libr. de Garnier frères*, 1843, 3 vol. gr. in-8, cartonn., demi-mar. rouge, non rognés (*Couvert.*).

PREMIER TIRAGE d'un des livres les plus élégamment illustrés du XIXe siècle.

On y a ajouté : *La Marseillaise* qui n'a paru que dans l'édition de 1848 publiée par Garnier.

Les couvertures sont un peu courtes.

154. CHAVETTE (Eugène). Les petites comédies du vice. *Paris, Lacroix et Cie, s. d.* — Les petits drames de la vertu, pour faire suite

aux petites comédies du vice. Illustrations de Kaufmann et Emile Lévy. *Paris, Marpon et Flammarion, s. d.* (1882). — Les bêtises vraies. *Ibid., id., s. d.* (1882). — Ens. 3 vol. in-12, dont 2 brochés et un cartonn. demi-mar. bleu, non rogné.

Les *Petits drames de la vertu* et *les bêtises vraies* sont imprimés sur PAPIER DE HOLLANDE.

155. CHERVILLE (G. de). Les chiens et les chats d'Eugène Lambert. Avec une lettre-préface d'Alexandre Dumas, et notes biographiques par Paul Leroi. Ouvrage illustré de 6 eaux-fortes et 145 dessins par Eugène Lambert. *Paris. Libr. de l'Art,* 1888, in-4, broché.

Un des 100 exemplaires (n° 100) imprimés sur PAPIER DU JAPON, contenant les eaux-fortes en DEUX états : AVANT la lettre sur Japon et avec la lettre sur vergé.

156. CHEVIGNÉ (Cte de). Les Contes rémois par M. le Cte de C..... (Chevigné). Dessins de E. Meissonier. *Paris, Michel Lévy,* 1858, in-8, broché.

Exemplaire imprimé sur GRAND PAPIER VÉLIN.
PREMIER TIRAGE des figures de *Meissonier.*

157. CHEVIGNÉ (Cte de). Les Contes rémois. Dessins de Meissonier. *Paris, Michel Lévy,* 1861, in-12, dem.-rel. mar. vert, tête dor., non rogné.

158. CLARETIE (Jules). Un Chapitre inédit de Don Quichotte. Avec 31 illustrations par Atalaya, gravées sur bois par Henri Brauer. *Paris, Floury,* 1898, in-4, broché.

159. COLLECTION MONNIER (De la). *Paris,* 1884-1886, 9 vol. in-8, brochés.

ANGE BÉNIGNE [Comtesse de Molènes]. A demi-mot. Illustrations de J. Parys et J. Roy. — CADOL (Edouard). Le Cheveu du diable. Voyage fantastique au Japon. Illustrations de Wogel, Choubrac, Roy, etc. — GAYDA (Joseph). Ce brigand d'amour. 8 eaux-fortes par Louis Legrand. — MONNIER (Ed.). Histoires débraillées par l'auteur de Pommes d'Eve ; illustrées par de joyeux artistes. — MAUPASSANT. Clair de lune. Illustrations de Arcos, Grasset, Jeanniot, etc. — MONTAGNE (Edouard). La Feuille à l'envers. Illustrations de Gorguet et Fau. — NOUVAL (A. de). Contes salés. Illustrations de J. Roy. — ULBACH (Louis). Amants et maris. Illustrations de F. Bac. — VALOGNES (Marquis de) [Joséphin Péladan). Femmes honnêtes, avec un frontispice de F. Rops et 12 compositions de Bac.

On y a joint deux exemplaires du catalogue illustré de la librairie Monnier.

160. COLLIN DE PLANCY (J.). Dictionnaire infernal. Répertoire universel des êtres, des personnages, des livres, des faits et des choses qui tiennent aux esprits, aux démons, aux sorciers, au com-

merce de l'enfer..... Sixième édition, augmentée de 800 articles nouveaux, et illustrée de 550 gravures, parmi lesquelles les portraits de 72 démons, dessinés par M.-L. Breton, d'après les documents formels. *Paris, Plon,* 1863, gr. in-8 à deux col., demi-rel. mar. grenat, tête dor., non rogné.

161. COLONNA (Francesco). Le Songe de Poliphile, ou Hypnérotomachie de frère Francesco Colonna, littéralement traduit pour la première fois, avec une introduction et des notes par Claudius Popelin. Figures sur bois gravées à nouveau par A. Prunaire. *Paris, Is. Liseux,* 1883, 2 vol. in-8, dos et coins mar. vert, tête dor., non rognés, couvert. (*Fock*).

162. COMMINES (Philippe de). Mémoires de Philippe de Commynes, nouvelle édition revue sur un manuscrit ayant appartenu à Diane de Poitiers et à la famille de Montmorency-Luxembourg, par R. Chantelauze. Edition illustrée de quatre chromolithographies et de nombreuses gravures sur bois. *Paris, Firmin-Didot,* 1881, gr. in-8, broché.

Un des 100 exemplaires (n° 57) imprimés sur PAPIER DE CUVE.

163. CONSTANT (Benjamin). Adolphe. Portrait gravé par Courboin d'après Desmarais. Préface de Paul Bourget. *Paris, Conquet,* 1889, in-12, broché.

Un des 200 exemplaires non mis dans le commerce, imprimés sur papier vélin.

164. CONTES du Cheykh El-Mohdy, traduits de l'arabe d'après le manuscrit original par J.-J. Marcel. *Paris, Imp. de Henri Dupuy,* 1835, 3 vol. in-8, figures sur bois, brochés.

Vignettes gravées sur bois.

165. COURS DE DANSE fin de siècle. Illustrations de Louis Legrand. *Paris, E. Dentu,* 1892, in-8, broché (*Couvert. illust.*).

Un des 300 exemplaires (n° 144) imprimés sur papier vélin.

166. COUSIN (Charles). Racontars illustrés d'un vieux collectionneur par l'auteur du « Voyage dans un grenier », Charles Cousin. *Paris, à la librairie de l'Art,* 1887, in-4, broché.

Ouvrage imprimé sur papier du Japon.

167. DARZENS (Rodolphe). Poëmes d'amour. Musique de Auguste Chapuis, avec dix lithographies par Adolphe Willette. *Paris, Edition du Journal,* 1895, gr. in-8, broché.

Exemplaire imprimé sur PAPIER DU JAPON.

168. DAUDET (Alphonse). La Défense de Tarascon. Seize aquarelles d'après Draner. *Paris, L. Conquet,* 1886, in-16, broché.

Édition non mise dans le commerce.
Exemplaire imprimé sur PAPIER DU JAPON, contenant les vignettes coloriées et offert par l'éditeur à M. Bermond.

169. DAUDET (Alphonse). Aventures prodigieuses de Tartarin de Tarascon. *Paris, Dentu,* 1887, in-8, broché.

Cette édition contient les illustrations de *Jeanniot* en PREMIER TIRAGE.

170. DAUDET (Alphonse). Suite complète d'un portrait et de 5 eaux-fortes dessinées et gravées à l'eau-forte par F. Buhot, pour les « *Lettres de mon moulin* ». *Paris, Lemerre,* 1879, in-12.

Épreuves avant la lettre, tirées sur papier de Hollande de format in-4, avec marges symphoniques.

171. DE FOE (Daniel). Étranges aventures de Robinson Crusoe. Traduction de l'édition princeps (1719), avec une étude sur l'auteur par Battier. Frontispice et 7 planches dessinées et gravées par Jules Fesquet Legenisel, etc. *Paris, Bonnassies,* 1877, pet. in-8, broché.

172. DELMET (Paul). Chansons (et nouvelles chansons). Poésies de MM. George Auriol, Léon Durocher, Emile Goudeau, Prosper Marius, etc., etc. Lithographies de A. Willette. *Paris, Henri Tellier, s. d.,* 2 vol. gr. in-8, brochés (*Couvert. illustr.*).

173. DELVAU (Alfred). Histoire anecdotique des cafés et cabarets de Paris. Avec dessins et eaux-fortes de Gustave Courbet, L. Flameng et F. Rops. *Paris, Dentu,* 1862, in-12, broché.

ÉDITION ORIGINALE.

174. DELVAU (Alfred). Les Cythères parisiennes. Histoire anecdotique des bals de Paris, avec 24 eaux-fortes et un frontispice par Félicien Rops et Emile Thérond. *Paris, Dentu,* 1864, in-12, broché.

ÉDITION ORIGINALE.
Cassure à la couverture.

175. DELVAU (Alfred). Histoire anecdotique des barrières de Paris, Avec 10 eaux-fortes par Emile de Thérond. *Paris, Dentu,* 1865, in-12, broché.

ÉDITION ORIGINALE.

176. DELVAU (Alfred). Les Plaisirs de Paris. Guide pratique et illustré, par Alfred Delvau. *Paris, Ach. Faure,* 1867, in-16, demi-rel. veau gris, ébarbé (*Couvert.*).

ÉDITION ORIGINALE ornée de vignettes dans le texte, gravées sur bois.
Le premier plat de la couverture est seul conservé.

177. DELVAU (Alfred). Les Heures parisiennes. 25 eaux-fortes d'Émile Benassit. *Paris, Marpon et Flammarion*, 1882, in-12, broché.

Un des 50 exemplaires (n° 71) imprimés sur PAPIER DU JAPON, contenant les eaux-fortes en DEUX états : en noir sur Japon, en bistre sur Chine.

178. DEVAUX-MOUSK (Paul). Fleurs du persil. Illustrations de Galice. *Paris, Éd. Monnier et Cie*, 1887, in-8, broché, couvert. en étoffe brochée.

Illustrations en couleurs.

179. DIABLE A PARIS (Le). Paris et les Parisiens. Mœurs et costumes, caractères et portraits des habitants de Paris, tableau complet de leur vie privée, publique, politique, etc. ; texte par MM. de Balzac, Eug. Süe, George Sand, P.-J. Stahl, etc., etc... Illustrations... par Gavarni. *Paris, J. Hetzel*, 1845-1846, 2 vol. gr. in-8, dos et coins mar. rouge, tête dor., non rognés, couvert. (*Fock*).

PREMIER TIRAGE.
Exemplaire sans le Plan de Paris.
Les couvertures sont doublées.

180. DUMAS (Alexandre). Les trois mousquetaires, avec une lettre d'Alexandre Dumas fils. Compositions de Maurice Leloir, gravures sur bois de J. Huyot. *Paris, Calmann Lévy*, 1894, 2 vol. gr. in-8, brochés (*Couvert. illust.*).

181. DUMAS (Alexandre). La Dame de Monsoreau. Compositions de Maurice Leloir, gravures sur bois de J. Huyot. *Paris*, 1903, 2 vol. gr. in-8, brochés.

182. DURANTY (Edmond). Théâtre des Marionnettes du jardin des Tuileries. Texte et compositions des dessins par M. Duranty. *Paris, Imp. de Dubuisson et Cie, s. d.* (1863), gr. in-8, demi-rel. mar. orange, tête dor., non rogné (*Fock*).

ÉDITION ORIGINALE.
Ouvrage orné de 24 planches coloriées hors texte et de têtes de chapitres également coloriés.

183. DURUY (Victor). Histoire des Romains, depuis les temps les plus reculés jusqu'à l'invasion des barbares. Nouvelle édition revue, augmentée et enrichie d'environ 2 500 gravures dessinées d'après l'antique, et de 100 cartes ou plans. *Paris, Hachette et Cie*, 1879-1885, 7 vol. gr. in-8, demi-rel. mar. bleu, tête dor., non rognés (*Fock*).

184. EBERS (Georges). L'Égypte. Du Caire à Philæ. Alexandrie et le Caire. Traduction de Gaston Maspero. *Paris, Firmin Didot et Cie*,

1880-1881, 2 vol. in-fol., demi-rel. mar. vert, tête dor., ébarbés (*Fock*).

Nombreuses illustrations dans le texte et hors texte.

185. ÉRASME. Les Colloques nouvellement traduits par Victor Develay et ornés de vignettes gravées à l'eau-forte par J. Chauvet. *Paris, Libr. des bibliophiles*, 1875-1876, 3 vol. — Éloge de la folie. Traduit par Victor Develay et accompagné des figures de Hans Holbein. *Ibid., id.*, 1871. — Ens. 4 vol. in-8, dos et coins mar. rouge, tête dor., ébarbés, couvert. (*Fock*).

Exemplaires imprimés sur papier de Hollande.

186. ÉVANGILES (Les) de notre seigneur Jésus-Christ, selon S. Mathieu, S. Marc, S. Luc, S. Jean. Traduction de Le Maistre de Sacy. *Paris, J.-J. Dubochet et Cie*, 1837, in-8, bas. grenat, ornements à froid aux angles, croix au milieu, tr. dor. (*Rel. de l'époque*).

Édition ornée d'encadrements gravés sur bois à chaque page.

187. FABRE (Ferdinand). Silviane, illustrations de George Roux, gravées sur bois, par Baud et Hamel. *Paris, Testard*, 1892, pet. in-8, broché.

Long envoi de l'auteur à Anatole France sur le faux-titre.

188. FARCE (La) de maître Pathelin, comédie du moyen âge, arrangée en vers modernes par Georges Gassies des Brulies. Avec seize compositions en taille-douce, hors texte, par Boutet de Monvel. *Paris, Delagrave, s. d.* — La farce du Pâté et de la Tarte, comédie du XVe siècle arrangée en vers modernes par Gassies des Brulies, avec neuf compositions en taille-douce hors texte par J. Geoffroy. *Ibid, id., s. d.* — Ens. 2 vol. gr. in-8, brochés.

189. FLERS (Robert de). Ilsée, princesse de Tripoli. Lithographies de A. Mucha. *Paris, H. Piazza et Cie*, 1892, in-4, broché, dans un emboîtage.

Papier vélin à la forme.

190. FRAGONARD (Honoré). Figures des Contes de La Fontaine, gravées par Martial et destinées à orner l'édition Didot, 1795, en 2 vol. in-4. *Paris, P. Rouquette, s. d.* En livraisons dans un carton recouvert de toile grenat.

Un des 100 exemplaires en noir, du 2e état, planches terminées AVANT toutes lettres.

191. FRANÇAIS, PEINTS PAR EUX-MÊMES (Les). Encyclopédie morale du XIXe siècle. *Paris, L. Curmer*, 1841-1842. 9 vol. gr. in-8, y compris le *Prisme*, figures, cartonn. dos et coins mar. grenat, non rognés (*Carayon*).

Exemplaire contenant les figures hors texte en deux épreuves: noires et coloriées anciennement.

Le tome Ier contient en plus le premier type du *Maître d'études*, refusé par l'éditeur.

La planche *Types de cavalerie* (p. 66 du tome V), qui n'est pas reproduite à la table, manque.

Couvertures du tome IX (Prisme) conservées.

192. FROISSART. Les Chroniques de J. Froissart. Edition abrégée avec texte rapproché du français moderne, par Mme de Witt, née Guizot. Ouvrage contenant 11 planches en chromolithographie, 12 lettres et titres imprimés en couleur, 2 cartes, 33 grandes compositions tirées en noir et 252 gravures d'après les monuments et les manuscrits de l'époque. *Paris, Hachette et Cie*, 1881, gr. in-8, demi-rel. mar. noir, tête dor., non rogné (*Fock*).

193. GALERIE HISTORIQUE de la comédie française, pour servir de complément à la troupe de Talma, depuis le commencement du siècle jusqu'à l'année 1853, par E. Dis de Manne et C. Ménétrier. *Lyon, N. Scheuring*, 1876. — GALERIE HISTORIQUE des acteurs français mimes et paradistes qui se sont rendus célèbres dans les annales des scènes secondaires depuis 1760 jusqu'à nos jours, pour servir de complément à la troupe de Nicolet, par E. Dis de Manne et C. Ménétrier. *Ibid., id.*, 1877. — GALERIE HILTORIQUE des comédiens françois de la troupe de Voltaire, gravés à l'eau-forte, sur des documents authentiques par Henri Lefort, avec des détails biographiques inédits, recueillis sur chacun d'eux par E. D. de Manne. *Ibid., id.*, 1877. Ens. 3 vol. in-8, brochés.

Les deux premiers ouvrages sont ornés de portraits gravés à l'eau-forte, par *J.-M. Fugère*.

194. GALLAND. Les Mille et une nuits, contes arabes, réimprimés sur l'édition originale avec une préface de Jules Janin. Vingt et une eaux-fortes par Ad. Lalauze. *Paris, Libr. des bibliophiles*, 1881, 10 vol. in-8, brochés.

Un des 107 exemplaires (n° 206) imprimés sur PAPIER DE HOLLANDE.

195. GAUTIER (Léon). La Chevalerie. *Paris, Victor Palmé*, 1884, gr. in-8, demi-rel. mar. noir, tête dor., ébarbé, couvert. (*Fock*).

Nombreuses illustrations dans le texte et hors texte.

196. GAUTIER (Théophile). Mademoiselle de Maupin. Double amour. Réimpression textuelle de l'édition originale. Notice bibliographique par M. Charles de Lovenjoul. *Paris, L. Conquet, G. Charpentier*, 1883. 2 vol. in-8, brochés.

Ouvrage orné de 2 frontispices et de 17 grandes compositions de *G. Toudouze*, gravées à l'eau-forte par *Champollion*.

Exemplaire (n° 489) imprimé sur papier vélin à la cuve.

197. GAUTIER (Théophile). Suite complète de 1 frontispice et de

17 planches par Toudouze, gravées à l'eau-forte par Champollion, pour *Mademoiselle de Maupin*. Paris, Conquet, 1883, in-8.

Epreuves d'artiste, AVANT TOUTE LETTRE, tirées pour le graveur sur Hollande de format in-4.

On y a joint les 2 pièces refusées.

198. GAUTIER (Théophile). Le Capitaine Fracasse, publié en trois volumes avec un avant-propos par Mme Judith Gautier. Dessins de Charles Delort, gravés par Mongin. *Paris, Libr. des bibliophiles*, 1884, 3 vol. in-8, brochés.

Un des 25 exemplaires (n° 22) imprimés sur PAPIER DE CHINE, contenant les eaux-fortes en DEUX états : AVANT et avec la lettre.

199. GAUTIER (Théophile). Militona. Un portrait et dix compositions d'Adrien Moreau, gravés par A. Lamotte. *Paris, L. Conquet*, 1887, pet. in-8 broché.

Petit papier vélin.

200. GAUTIER (Théophile). Suite complète du portrait de Th. Gautier et des 10 eaux-fortes de Adrien Moreau, gravées par A. Lamotte, pour *Militona*. Paris, Conquet, 1887, in-8.

Epreuves en deux états : eaux-fortes pures, et épreuves terminées, avant la lettre, imprimées sur papier de Hollande de format in-folio.

201. GAUTIER (Théophile). Jean et Jeannette, illustré de vingt-quatre compositions par Ad. Lalauze. Préface par Léo Claretie. *Paris, A. Ferroud*, 1894, in-8, broché.

Un des 250 exemplaires (n° 358) imprimés sur papier d'Arches.

202. GAVARNI. Œuvres choisies revues, corrigées et nouvellement classées par l'auteur. Etudes de mœurs contemporaines. Les Enfants terribles. Les Lorettes. Les Actrices. Le Carnaval à Paris, etc. *Paris, J. Hetzel*, 1846-1848, 4 tomes en 2 vol. gr. in-8, dos et coins mar. rouge, fil., dos orné, tête dor., ébarbés (*R. Petit*).

Bel exemplaire.

203. GAVARNI Masques et visages. *Paris, Paulin et Lechevalier*, 1857, pet. in-8, cartonn. dos et coins toile rouge, non rogné (*Couvert.*).

Le premier plat de la couverture seul a été conservé.

204. GÉRARD (Jules). La Chasse au lion, ornée de gravures dessinées par Gustave Doré. *Paris, librairie nouvelle*, 1855, in-8, dos et coins mar. rouge, tête dor., non rogné, couvert. (*Fock*).

PREMIER TIRAGE.

Ouvrage orné d'un portrait et de 11 planches hors texte gravées sur bois.

Exemplaire imprimé sur GRAND PAPIER.

205. GERSON. De l'imitation de Jésus-Christ, traduite d'après un manuscrit de 1440 par l'abbé Delaunay. Edition nouvelle, corrigée, augmentée d'une nouvelle préface. *Paris, Tross,* 1869, in-8 carré, dos et coins mar. rouge, tête dor., ébarbé, couvert. (*Fock*).

Texte encadré d'ornements gothiques gravés sur bois.

206. GIRARDIN (J.). Scènes familières. *Paris, Hachette et Cie, s. d.* — LEVOISIN (J.). La Lanterne magique. *Ibid., id., s. d.* — MOTHER GOOSE, or the old Nursery rhymes. *London Routledge and sons, s. d.* — Ens. 3 vol. in-4 et in-12, cartonnés.

Ouvrages illustrés en couleurs par *Kate Greenaway*.

207. GŒTHE. Faust, tragédie de M. de Gœthe, traduite en français par M. Albert Stapfer, ornée d'un portrait de l'auteur et de dix-sept dessins composés d'après les principales scènes de l'ouvrage et exécutés sur pierre par M. Eugène Delacroix. *A Paris, chez Ch. Motte et Sautelet,* 1828, in-fol., demi-rel. veau gris, dos orné, tr. jasp. (*Rel. de l'époque*).

PREMIER TIRAGE.
Les planches sont sur Chine bleu.

208. GŒTHE. Le Faust de Gœthe. Traduction revue et complète, précédée d'un essai sur Gœthe par M. Henri Blaze. Edition illustrée par M. Tony Johannot. *Paris, Michel Lévy frères,* 1847, gr. in-8, demi-rel. mar. noir, tête dor., non rogné (*Fock*).

PREMIER TIRAGE.
Edition ornée d'un portrait de Gœthe gravé par *Langlois*, et de 9 eaux-fortes gravées par *G. Levy, Langlois*, etc., d'après *T. Johannot*, tirés sur Chine.

209. GŒTHE. Faust, tragédie. Traduction d'Albert Stapfer avec une préface par P. Stapfer. Dessins de J.-P. Laurens gravés par Champollion. *Paris, Libr. des bibliophiles,* 1885, in-8, broché.

210. GONCOURT (Edm. et J. de). Renée Mauperin. Edition ornée de dix compositions à l'eau-forte par James Tissot. *Paris, G. Charpentier et Cie,* 1884, in-8, broché.

Exemplaire (n° 438) imprimé sur PAPIER DE HOLLANDE.

211. GOUFFÉ (Jules). Le Livre de cuisine, comprenant la cuisine de ménage et la grande cuisine, avec 4 planches imprimées en chromolithographie et 182 gravures sur bois dessinées d'après nature par E. Ronjat. Troisième édition. *Paris, Hachette et Cie,* 1874, gr. in-8, demi-rel. mar. rouge, tête dor., non rogné (*Fock*).

212. GRAND-CARTERET (J.). Les mœurs et la caricature en Allemagne, en Autriche, en Suisse; avec préface de Champfleury.... *Paris, Louis Westhausser,* 1885, gr. in-8, broché.

Nombreuses illustrations dans le texte et hors texte.

213. GRANDVILLE. Un autre monde. Transformations, visions, incarnations, ascensions, locomotions, explorations, pérégrinations, excursions, stations, cosmogonies, fantasmagories, etc., etc. *Paris, H. Fournier*, 1844, pet. in-4, broché (*Couvert. illust.*).

PREMIER TIRAGE.
Ouvrage orné de 36 planches coloriées hors texte, et de vignettes dans le texte gravées sur bois.

214. GRANDVILLE. Cent proverbes et par [ici une vignette représentant trois têtes sous un bonnet]. *Paris, H. Fournier*, 1845, in-8, cartonn. dos et coins mar. rouge, non rogné (*Couvert. illust.*).

PREMIER TIRAGE.
Edition ornée d'un frontispice, de 50 planches hors texte et de vignettes dans le texte gravées sur bois.
La couverture est un peu courte.

215. GRASSET (Eugène). Les Mois. Douze compositions d'Eugène Grasset, gravées sur bois et imprimées en chromotypographie. *Paris, G. de Malherbe, s. d.*, in-4, en feuilles.

216. GUÉRIN (Victor). La Terre sainte, son histoire, ses souvenirs, ses sites, ses monuments. *Paris, E. Plon et Cie*, 1882, in-fol., demi-rel., mar. bleu, tête dor. (*Fock*).

Nombreuses illustrations dans le texte.

217. GUILLAUME (Albert). Mes Campagnes. Album militaire inédit. *Paris, S. Empis, s. d.* — Mes 28 jours. Album inédit. *Ibid., id., s. d.* — LANO (P. de) et REUTLINGER. Nos baigneuses. *Ibid., id., s. d.* — FORAIN (J.-L.). La Vie. *Paris, Juven, s. d.* — Ens. 4 albums, in-4, brochés.

218. GUIMET (Emile). Promenades japonaises. Dessins d'après nature (dont 6 aquarelles reproduites en couleur), par Félix Régamey. *Paris, G. Charpentier*, 1878. — Promenades japonaises. Tokio-Nikko. Dessins par Félix Régamey. *Ibid., id.*, 1880. — Ens. 2 vol. gr. in-8, brochés.

219. GUIZOT. L'Histoire de France depuis les temps les plus reculés jusqu'en 1789 racontée à mes petits enfants par M. Guizot. *Paris, Hachette et Cie*, 1872-1876, 5 vol. gr. in-8, brochés.

Nombreuses planches hors texte dessinées sur bois par *Alph. de Neuville, P. Philippotaux, E. Ronjat*, etc., etc.

220. HALÉVY (Ludovic). Trois coups de foudre. Dix dessins de Hauffmann, gravés par T. de Mare. *Paris, Conquet*, 1886, in-16, broché.

Exemplaire n° 118 imprimé sur PAPIER DU JAPON.

221. HALÉVY (Ludovic). L'abbé Constantin, illustré par Madame Madeleine Lemaire. *Paris, Boussod Valadon et Cie*, 1887, in-4. broché.

222. HALEVY (Ludovic). Karikari. Aquarelles d'après Henriot. *Paris, L. Conquet*, 1888, in-18, broché.

Edition non mise dans le commerce.
Exemplaire imprimé sur PAPIER DU JAPON, contenant les vignettes coloriées; offert par l'éditeur à M. Bermond.

223. HALÉVY (Ludovic) Mariette. Quarante compositions de Henry Somm. *Paris, L. Conquet*, 1893, in-8, broché.

Un des 50 exemplaires (n° 129) imprimés sur PAPIER DE CHINE, avec les encadrements tirés en bistre.
Prospectus de publication ajouté.

224. HALÉVY (Ludovic). Suite d'un frontispice et de 8 vignettes dessinées par E. Mas, gravées par J. Massard pour illustrer *Madame, Monsieur et les petites Cardinal.* Paris, Conquet, 1883, in-8.

Epreuves tirées sur papier de Hollande.

225. HAMILTON (Antoine). Mémoires du comte de Grammont. Un portrait de A. Hamilton et trente trois compositions de C. Delort gravées au burin et à l'eau-forte par L. Boisson. Préface de H. Gausseron. *Paris, L. Conquet*, 1888, gr. in-8, broché.

Exemplaire n° 100 imprimé sur PAPIER VÉLIN du Marais, contenant les illustrations en DEUX états: AVANT et avec la lettre.

226. HAVARD (Henry). La Hollande à vol d'oiseau. Eaux-fortes et fusains par Maxime Lalanne. *Paris, Decaux et A. Quantin*, 1881, très gr. in-8, demi-rel., mar. grenat, tête dor., non rogné (*Fock*).

Un des 100 exemplaires (n° 41) imprimés sur papier de HOLLANDE, contenant les planches hors texte en DEUX états: AVANT la lettre sur CHINE et avec la lettre sur vélin blanc.

227. HAVARD (Henry). La Flandre à vol d'oiseau. Illustrations d'après nature par Maxime Lalanne. *Paris, Georges Decaux*, 1883, très gr. in-8, demi rel., mar. grenat, tête dor., non rogné (*Fock*).

Un des 100 exemplaires (n° 11) imprimés sur PAPIER DE HOLLANDE contenant les planches hors texte en DEUX états: AVANT la lettre sur CHINE et avec la lettre sur vélin blanc.

228. HENRIOT. L'Année parisienne. Texte et dessins par Henriot. *Paris, L. Conquet*, 1894, in-12, broché.

Edition tirée à 300 exemplaires non mis dans le commerce.
Exemplaire offert par l'éditeur à M. Bermond.

229. HENRIOT. Napoléon aux enfers. Illustrations par l'auteur. *Paris, L. Conquet,* 1895, in-12, broché.

Exemplaire non mis dans le commerce offert par l'éditeur à M. Bermond.

230. HEULHARD (Arthur). Rabelais. Ses voyages en Italie ; son exil à Metz. Ouvrage orné d'un portrait à l'eau-forte de Rabelais, de deux restitutions en couleurs de l'abbaye de Thélème, de neuf planches hors texte et de 75 gravures dans le texte, autographes, etc. *Paris, Libr. de l'Art,* 1891, in-4, broché.

Un des 25 exemplaires (n° 10) imprimés sur PAPIER DU JAPON, contenant le portrait en DEUX états : AVANT la lettre sur Japon et avec la lettre sur vergé.

231. HISTOIRE DES QUATRE FILS AYMON, très nobles et très vaillans chevaliers. Illustrée de compositions en couleurs par Eugène Grasset. Introduction et notes par Charles Marcilly. *Paris, H. Launette,* 1883, in-4, en feuilles dans trois cartons.

Un des 100 exemplaires (n° 102) imprimés sur PAPIER DE CHINE.

232. HISTOIRE DES QUATRE FILS AYMON. *Paris, H. Launette,* 1883, in-4, broché (*Couvert. illust.*).

Même édition.
Exemplaire imprimé sur papier vélin teinté.

233. HOGARTH (William). The Works of William Hogarth in a series of engravings, with descriptions and a comment on their moral tendency by the rev. John Trusler. Anecdotes of the author and is works by J. Hogarth and J. Nichols. *London, published by Jones and C°,* 1833, 2 vol. in-4, dos et coins, veau vert, fil., tr. marb.

Ouvrage orné de 108 planches hors texte gravées en taille-douce.

234. HOUSSAYE (Arsène). Les Comédiennes de Molière. *Paris, Dentu,* 1879, in-8, broché.

10 portraits hors texte gravés à l'eau-forte.

235. HUARD (Ch.). Province, cent dessins de Ch. Huard. Avant-propos de Henri Piazza et Cie. *Paris, Sévin et Rey, s. d.*; in-12, broché.

Un des 100 exemplaires imprimés sur PAPIER DU JAPON.

236. HUGO (Victor). Notre-Dame de Paris. Nouvelle édition ornée de vignettes gravées sur acier d'après les compositions de MM. Raffet, Tony Johannot, Colin, Louis Boulanger. *Paris, Furne et Cie,* 1840, 2 vol. — Cromwell. Nouvelle édition. *Paris, Renduel,* 1836, 2 vol. — Les Burgraves, trilogie. Deuxième édition. *Paris, Michaud,* 1843. — Ens. 5 vol. in-8, brochés.

237. HUGO (Victor). Quatre-vingt-treize. Dessins de MM. Em. Bayard, G. Brion, Férat, Vierge, etc. ; gravures de MM. Bellenger, Chapon, Froment, Méaulle, etc. *Paris, Eug. Hugues, s. d.* (1876). — L'Homme qui rit. Illustrations de Daniel Vierge. *Paris, Lib. illustrée*, 1885. — Les Travailleurs de la mer. Illustrations de Daniel Vierge. *Ibid., id.*, 1876. — Ens. 3 vol. gr. in-8, brochés.

Exemplaires de PREMIER TIRAGE.

238. HURTADO DE MENDOZA. Vie de Lazarille de Tormès. Traduction nouvelle et préface de A. Morel-Fatio. Nombreuses illustrations et eaux-fortes de Maurice Leloir. *Paris, Launette*, 1886, pet. in-8, broché.

239. HUYSMANS (J.-K.). Croquis parisiens. Eaux-fortes de Forain et Raffaelli. *Paris, Henri Vaton*, 1880, in-8, papier de Hollande, broché.

240. IMITATION (L') DE JÉSUS-CHRIST, précédée d'une préface par Louis Veuillot. *Paris, Glady frères*, 1876, in-8, broché.

Eaux-fortes de *Gaucherel, Laguillermie, Liénard, Dubouchet*, etc.

241. JULLIEN (Adolphe). Richard Wagner. Sa vie et ses œuvres. Ouvrage orné de 14 lithographies originales par M. Fantin-Latour, de 15 portraits de Richard Wagner, de 4 eaux-fortes, et de 120 gravures, scènes d'opéras, caricatures, vues de théâtres, autographes, etc. *Paris, Librairie de l'Art*, 1886, in-4, broché.

Ouvrage recherché.

242. JULLIEN (Adolphe). Hector Berlioz. Sa vie et ses œuvres. Ouvrage orné de 14 lithographies originales par M. Fantin-Latour, de 12 portraits de Hector Berlioz, de 3 planches hors texte et de 122 gravures, scènes théâtrales, caricatures, portraits d'artistes, autographes, etc. *Paris, Librairie de l'Art*, 1888, in-4, broché.

Un des 30 exemplaires (n° 20) imprimés sur PAPIER DU JAPON, contenant une DOUBLE suite, sur Japon et sur Chine, des lithographies de Fantin-Latour.

243. KARR (Alphonse). Histoire d'un pion, suivie de l'emploi du temps, de deux dialogues sur le courage et de l'esprit des lois ou les voleurs volés. Vignettes par Gérard Séguin. *Paris, Blanchard*, 1854, pet. in-8, cartonn. dos et coins mar. rouge, non rogné (*Couvert.*).

PREMIER TIRAGE.

244. LACROIX (Paul) et Ferdinand SERÉ. Le Moyen âge et la Renaissance, histoire et description des mœurs et usages du commerce et de l'industrie, des sciences, des arts, des littératures et

des beaux-arts en Europe. *Paris,* 1848-1851, 5 vol. in-4, figures, dos et coins mar. rouge, fil., dos orné, tête dor. (*Smeers*).

245. LACROIX (Paul). Sciences & lettres, mœurs usages et costumes, Vie militaire et religieuse, Les Arts au moyen âge et à l'époque de la Renaissance. *Paris, Librairie de Firmin-Didot et Cie,* 1877, 4 vol. in-4, dos et coins mar. rouge, tête dor., non rognés (*Fock*).

Exemplaire imprimé sur PAPIER VÉLIN à la cuve.

246. LACROIX (Paul). XVIIe siècle. Institutions, usages et costumes. Lettres, sciences et arts. France, 1590-1700. *Paris, Librairie de Firmin-Didot et Cie,* 1880-1882, 2 vol. in-4, dos et coins mar. rouge, tête dor., non rognés (*Fock*).

Exemplaire imprimé sur GRAND PAPIER.

247. LABORDE (de). Choix de chansons mises en musique, ornées d'estampes en taille-douce. *Rouen, Lemonnyer,* 1881, 4 vol. gr. in-8, brochés.

Réimpression de l'édition de Paris, de Lormel, 1773.
Exemplaire imprimé sur papier de Hollande.

248. LA FONTAINE. Fables de La Fontaine, illustrées par J.-J. Grandville. Nouvelle édition. *Paris, H. Fournier aîné,* 1839, 2 vol. in-8, brochés (*Couvert.*).

Ouvrage orné de 240 planches hors texte gravées sur bois par *Grandville.*
Exemplaire avec les couvertures conservées.

249. LA FONTAINE. Contes, avec illustrations de Fragonard. Réimpression de l'édition de Didot, 1795 ; revue et augmentée d'une notice par M. Anatole de Montaiglon. *Paris, chez J. Lemonnyer,* 1883, 2 vol. in-4, en feuilles dans des cartons.

Un des 250 exemplaires (n° 416) imprimés sur papier vergé de Van Gelder, contenant les 34 gravures reproduites par l'éditeur, en épreuves AVANT la lettre.
Cette édition renferme les 34 figures et eaux-fortes de l'édition de 1795, et les 58 planches gravées par *Martial.*

250. LA FONTAINE. Les vingt estampes dessinées par Fragonard et Touzé, pour l'édition de P. Didot l'aîné, Paris, 1795, réduites et gravées à l'eau-forte par T. de Mare. *Paris, Conquet,* 1881, in-4.

Une des 50 collections du premier état (EAUX-FORTES pures), tirées sur Japon blanc.

251. LA FONTAINE. Suite d'estampes d'après Lancret, Pater, Eisen, Boucher, etc. pour illustrer les Contes de La Fontaine gravées au burin par Depollier aîné. Trente-huit planches in-4 et deux

vignettes gravées en taille-douce. *Paris, Jules Lemonnyer,* 1885, in-fol. oblong en feuilles.

Planches en cinq états : eau-forte pure, en noir, bistre et sanguine sur Japon et en noir sur Hollande et épreuves avant la lettre.

252. LAMARTINE. Recueillemens poétiques. *Paris, Ch. Gosselin, Furne et Cie*, 1840, gr. in-8, broché.

Édition ornée de vignettes dans le texte, gravées sur bois.

253. LAMARTINE. Graziella ; avec une préface par L. de Ronchaud. Dessins de Bramtot, gravées par Champollion. *Paris, Libr. des bibliophiles*, 1886, in-8, broché.

Un des 25 exemplaires (n° 9) imprimés sur PAPIER DE CHINE ; contenant les eaux-fortes en DEUX états : AVANT et avec la lettre.

254. LAMARTINE. Suite complète d'un portrait et de 6 eaux-fortes par Bramtot, gravés par Champollion, pour « *Graziella* ». Paris, Jouaust, 1886, in-8.

Épreuves en DEUX états : EAUX-FORTES PURES, et épreuves terminées avant la lettre, tirées sur papier de Hollande.

255. LAMARTINE. Suite complète de 10 eaux-fortes par Sandoz, gravées par Champollion, pour « *Raphaël* », édition des chefs-d'œuvre du roman contemporain. Paris, Quantin, 1887, in-4.

Épreuves en DEUX états : EAUX-FORTES PURES et épreuves terminées, avant la lettre, tirées sur papier du Japon.

256. LANCE (Adolphe). Excursion en Italie. Aix-les-Bains, Chambéry, Turin, Novare, Milan, Brescia, Vérone, Padoue, Venise, Murano, Torcello, le lac Majeur, le lac de Côme. Quinze eaux-fortes par Léon Gaucherel. *Paris, Vve Morel et Cie*, 1873, in-8, broché.

257. LAS CASES (Comte de). Mémorial de Sainte-Hélène ; suivi de Napoléon dans l'exil par MM. O'Méara et Antomarchi et de l'historique de la translation des restes mortels de l'empereur Napoléon aux Invalides. *Paris, E. Bourdin*, 1842, 2 vol. gr. in-8, dos et coins chagrin rouge, tête dor., ébarbés (*Rel. de l'époque*).

PREMIER TIRAGE.
Édition illustrée par *Charlet* de 77 planches hors texte tirées sur Chine, de vignettes dans le texte gravées sur bois et de 2 cartes. Cassure à un feuillet.

258. LÉANDRE (Charles). L'Affaire Humbert. Croquis d'audience. *Paris, Juven, s. d.* (1903), in-4, broché.

Un des 100 exemplaires (n° 114) imprimés sur PAPIER DU JAPON.

259. LE BON (Dr Gustave). La Civilisation des Arabes. Ouvrage il-

lustré de 10 chromolithographies, 4 cartes, et 366 gravures, dont 70 grandes planches, d'après les photographies de l'auteur ou d'après les documents les plus authentiques. *Paris, Firmin-Didot et Cie*, 1884, gr. in-8, en feuilles, dans un cartonnage en toile rouge.

Un des quelques exemplaires imprimés sur PAPIER DU JAPON.

260. LEMAITRE (Jules). Dix contes. Illustrations de Luc-Olivier Merson, Georges Clairin, F.-H. Lucas, Cornillier, Lœvy, gravures sur bois de Léveillé, Ruffe, Dutheil. *Paris, Lecène et Oudin*, 1890, gr. in-8, broché.

Exemplaire imprimé sur papier vélin.

261. LEPIC (Ludovic). La dernière Egypte. Texte et dessins par Ludovic Lepic. Edition ornée du portrait de l'auteur par Edouard Detaille. *Paris, G. Charpentier et Cie*, 1884, gr. in-8, broché.

262. LE ROUX (Hugues). 1892. Calendrier parisien. Treize lithographies par Dillon. *Paris, L. Conquet*, 1892, in-16, broché.

Exemplaire imprimé sur papier vélin non mis dans le commerce et offert par l'éditeur à M. Bermond.

263. LE SAGE. Histoire de Gil Blas de Santillane, Vignettes par Jean Gigoux. *Paris, chez Paulin*, 1835, gr. in-8, demi-rel., veau violet, dos orné de 4 fil., ébarbé (*Rel. de l'époque*).

PREMIER TIRAGE.
Le portrait de Gil Blas est détaché de la reliure.

264. LE SAGE. Histoire de Gil Blas de Santillane. Vignettes par Jean Gigoux. *Paris, chez Paulin*, 1836, gr. in-8, mar. rouge, 13 fil. sur les plats, dos orné de fil., dent. int., tr. dor. (*Simier*).

Bel exemplaire.

265. LE SAGE. Le Diable boiteux, avec une préface par H. Reynald, gravures à l'eau-forte par Ad. Lalauze. *Paris, Lib. des bibliophiles*, 1880, 2 vol. in-8, brochés.

Un des 170 exemplaires (n° 151) imprimés sur PAPIER DE HOLLANDE.

266. LES VEBER'S. Les Veveber's. Les Veber's. *Paris, Emile Testard*, 1895, gr. in-8, broché.

Nombreuses illustrations dans le texte.

267. LIREUX (Auguste). Assemblé nationale comique. Illustré par Cham. *Paris, Michel Lévy frères*, 1850, gr. in-8, broché (*Couvert. illust.*).

PREMIER TIRAGE.
Ouvrage orné de 20 planches hors texte, et de nombreuses vignettes dans le texte gravées sur bois.

268. LIVRE D'OR DE VICTOR HUGO (Le) par l'élite des artistes et des écrivains contemporains. Direction de Emile Blémont. *Paris, Launette*, 1883, gr. in-8, dos et coins mar. rouge, tête dor., non rogné, couvert. (*Fock*).

Exemplaire (n° 214) imprimé sur PAPIER DE HOLLANDE, contenant les gravures en épreuves AVANT la lettre.

269. LORENTZ. Polichinel ex-roi des marionnettes devenu philosophe. *Paris, Willermy*, 1848, in-8, cartonn. toile grise, non rogné.

ÉDITION ORIGINALE, ornée de vignettes dans le texte, gravées sur bois.

270. LOUVET DE COUVRAY. Amours du chevalier de Faublas. Nouvelle édition ornée de 4 jolies gravures d'après Marillier. *Paris, chez tous les libraires* (*Evreux, Imp. Ch. Hérissey*), 1884, 4 vol. in-16, brochés.

Un des 75 exemplaires (n° 55) imprimés sur PAPIER DU JAPON.

271. LUCIEN. Dialogues des courtisanes. Traduction et notices par A.-J. Pons. Illustrations par H. Scott et F. Méaulle. *Paris, Quantin*, 1881. — LUCIUS. L'Ane. Traduction de Paul-Louis Courier. Illustrations de Poirson. *Ibid., id.*, 1887. — OVIDE. Les Amours. Traduction du Cte de Séguier. Gravures de Méaulle. Dessins de Meyer. *Ibid., id.*, 1879. — Ens. 3 vol. in-32, brochés.

De la *Petite collection antique*.

272. MAC-NAB. Chansons [et Nouvelles chansons] du Chat noir. Illustrations de H. Gerbault. *Paris, Henri Heugel, s. d.* — Ens. 2 vol. in-8, brochés. (*Couvert. illust.*).

273. MAINDRON (Ernest). Les Affiches illustrées. Ouvrage orné de 20 chromolithographies par Jules Chéret et de nombreuses reproductions en noir et en couleur d'après les documents originaux. *Paris, H. Launette et Cie*, 1886, gr. in-8, broché.

274. MAISTRE (Xavier de). Voyage autour de ma chambre, suivi de l'expédition nocturne. Préface par Jules Claretie. Six eaux-fortes par Lédouin. *Paris, Lib. des bibliophiles*, 1877, in-8, broché.

Un des 170 exemplaires (n° 113) imprimés sur PAPIER DE HOLLANDE.

275. MAISTRES DE L'AFFICHE (Les). Publication mensuelle contenant la reproduction des plus belles affiches illustrées des grands artistes, français et étrangers, éditée par l'Imprimerie Chaix. Préface par M. Roger Marx. Tome I-II (*Paris*), 1896-1897, 2 vol. en 24 livraisons in-folio, couvert.

Exemplaire sur PAPIER DU JAPON.

276. MARGUERITE, de Navarre. Les sept journées de la reine de

Navarre, suivies de la huitième [édition de Claude Gruget 1559]. Notice et notes par Paul Lacroix, index et glossaire. Planches à l'eau-forte par Flameng. *Paris, Libr. des bibliophiles*, 1872, 8 vol. in-8, brochés.

Un des 100 exemplaires (n° 98) imprimés sur PAPIER DE HOLLANDE.

277. MARIUS (Prosper). Ronces et gratte-culs. Ornés de 25 gravures en taille-douce. Préface de Charles Monselet. *Paris, J. Lemonnyer*, 1884, in-4, broché.

Un des 90 exemplaires (n° 112) imprimé sur PAPIER DE HOLLANDE, contenant les figures en DEUX états : en noir et en bistre.

278. MARTHOLD (Jules de). Histoire de Malborough. Dessins de Caran d'Ache. *Paris, Jules Lévy, s. d.* (1885), in-8 en feuilles dans un carton.

Exemplaire imprimé sur PAPIER DU JAPON.

279. MENNECHET (Ed.) Le Plutarque français, vies des hommes et femmes illustres de la France, avec leurs portraits en pied ; publiés par Ed. Mennechet. *A Paris de l'imprimerie de Crapelet*. 1835-1841. 8 vol. in-4, dos et coins chagrin vert, fil., non rognés (*Rel. de l'époque*).

280. MÉRIMÉE (Prosper). Carmen. *Paris, Calmann-Lévy*, 1884, in-12, dos et coins mar. orange, fil., dos orné et mosaïqué, tête dor., non rogné (*Champs*).

Exemplaire auquel on a ajouté la suite du frontispice et des 8 vignettes gravés à l'eau-forte par *A. Nargeot* d'après *S. Arcos*, publiée par la librairie Conquet.

281. MICHELET (J.). L'Insecte. Nouvelle édition illustrée de 140 vignettes sur bois, dessinées par H. Giacomelli. *Paris, Hachette et Cie*, 1876, gr. in-8, broché.

PREMIER TIRAGE.

282. MICHELET (J.). L'Oiseau. Quatorzième édition illustrée de 210 vignettes sur bois dessinées par H. Giacomelli. *Paris, Hachette et Cie*, 1881, gr. in-8, en feuilles (*Couvert.*).

Un des quelques exemplaires imprimés sur PAPIER DE CHINE.

283. MILLAUD (Albert). La Comédie du jour sous la république athénienne. Illustrations par Caran d'Ache. *Paris, Plon, Nourrit et Cie*, 1887, gr. in-8, broché.

284. MILLEVOYE. Œuvres de Millevoye. Edition publiée avec des pièces nouvelles et des variantes par P.-L. Jacob. 7 eaux-fortes

par Ad. Lalauze. *Paris, A. Quantin*, 1880, 3 vol. pet. in-8, brochés.

Un des 50 exemplaires (n° 24) imprimés sur PAPIER WHATMAN; contenant les eaux-fortes en DEUX états : AVANT la lettre sur CHINE et avec la lettre sur Hollande.

285. MILLEVOYE. Œuvres de Millevoye. *Paris, A. Quantin*, 1880, 3 vol. pet. in-8, brochés.

Même édition.

286. MILLE ET UNE NUITS (Les). Contes arabes traduits par Galland. Edition illustrée par les meilleurs artistes français et étrangers, revue et corrigée sur l'édition de 1704; augmentée d'une dissertation sur les Mille et une nuits par M. le baron Silvestre de Sacy. *Paris, Ernest Bourdin et Cie, s. d.* (1840). 3 vol. gr. in-8, dos et coins veau brun, dos orné, non rognés (*Rel. de l'époque*).

Première édition, rare dans une bonne condition comme celle-ci.

L'ouvrage est orné d'environ 1 000 gravures dans le texte et de 20 planches tirées à part.

On a intercalé dans les volumes les 21 figures de *Ch. Chasselat*, gravées sur acier par *Derly, Ruhierre, Fauchery* et autres, de l'édition Paris, Colin de Plancy, 1822, 7 vol.

Quelques légères taches de rousseur.

287. MOINAUX (Jules). Le Bureau du commissaire. Préface par M. Alexandre Dumas fils. 130 dessins de Bombled. *Paris, Jules Lévy*, 1886, in-12, broché (*Couvert. illust.*).

ÉDITION ORIGINALE.
Un des 29 exemplaires (n° 26) imprimés sur PAPIER DU JAPON.

288. MOLIÈRE. Œuvres de Molière, précédées d'une notice sur sa vie et ses ouvrages, par M. Sainte-Beuve. Vignettes par Tony Johannot. *Paris, chez Paulin*, 1835-1836, 2 vol. gr. in-8, demi-rel. mar. rouge, dos orné, non rognés (*Rel. de l'époque*).

PREMIER TIRAGE.
Le titre du second volume manque. Reliure bien conservée.

289. MOLIÈRE. Œuvres de Molière, précédées d'une notice sur sa vie et ses ouvrages par M. Sainte-Beuve. Vignettes par Tony Johannot. *Paris, chez Paulin*, 1835-1836, 2 vol. gr. in-8, dos et coins mar. rouge, tête dor., ébarbés, couvert. (*Fock*).

PREMIER TIRAGE.
Ouvrage orné de 800 vignettes dans le texte gravées sur bois par *Andrew Best, Leloir Maurisset, Porret* et autres.

290. MOLIÈRE. Le Théâtre de Jean-Baptiste Poquelin de Molière; orné de vignettes gravées à l'eau-forte d'après les composi-

tions de différents artistes par Frédéric Hillemacher. *Lyon, Nicolas Scheuring*, 1864-1870, 8 vol. in-8, mar. rouge, dent. int., tr. dor. (*Gruel*).

Edition tirée à 400 exemplaires.

291. MOLIÈRE. Théâtre complet, publié par D. Jouaust. Préface par M. D. Nisard. Dessins de Louis Leloir gravés à l'eau-forte par Flameng. *Paris, Libr. des bibliophiles*, 1876-1883, 8 vol. gr. in-8, brochés.

Un des 100 exemplaires (n° 92) imprimés sur GRAND PAPIER VERGÉ ; contenant les eaux-fortes en DEUX états : AVANT et avec la lettre.

292. MOLIÈRE. Suite complète des portraits de Molière, Boucher, Laurent Cars, d'un fleuron et des 33 figures de Boucher, gravées par T. de Mare, pour le *Théâtre*, publiés par Mme Lefilleul, in-4.

Epreuves terminées, tirées sur JAPON MINCE.
On y a ajouté la suite du portrait de Coypel, du frontispice et des 5 figures d'après Coypel publiées par Mme Lefilleul, épreuves terminées tirées sur Japon mince.

293. MOLIÈRE. Trente-trois estampes pour les œuvres de Molière, composées par F. Boucher, réduites et gravées à l'eau-forte par T. de Mare. *Paris, Lefilleul*, 1881, in-4, en feuilles, dans un carton.

Une des 60 collections (n° 71) à l'état d'EAU-FORTE PURE, imprimées sur PAPIER DE HOLLANDE.
Cette suite comprend : les portraits de Molière, de Boucher, de L. Cars, 2 fleurons et 33 eaux-fortes.

294. MOLIÈRE. Suite complète des 50 eaux-fortes, dont un portrait par V. Foulquier, pour le *Théâtre choisi*. Tours, Mame et fils, 1878-1879, gr. in-8.

Epreuves tirées sur PAPIER DE CHINE.

295. MONNIER (Henry). Scènes de la ville et de la campagne, avec vignettes sur bois, par Henry Monnier, gravées par Gérard. *Paris, Dumont*, 1841, 2 vol. in-8, cartonn. toile noire, non rognés (*Pierson*).

EDITION ORIGINALE, ornée de 8 vignettes hors texte, gravées sur bois.

296. MONNIER (Henry). Les Bas-fonds de la société. Avec un frontispice du lundi dessiné et gravé par S. P. Q. R. *Sur l'imprimé à Paris, chez J. Claye. Amsterdam (Bruxelles, Poulet-Malassis)*, 1866, pet. in-12, frontispice de Rops tiré sur Chine, broché.

Exemplaire imprimé sur papier vergé.

297. MONNIER (Henry). Scènes populaires, dessinées à la plume

Nouvelle édition. *Paris, Dentu,* 1879, 2 vol. in-8, vignettes, brochés.

Papier de Hollande.

298. MONNIER (Henry). Scènes populaires dessinées à la plume. Nouvelle édition. *Paris, E. Dentu,* 1879, 2 vol. in-8, dos et coins mar. orange, tête dor., non rognés (*Fock*).

299. MONTESQUIEU. Suite complète d'un portrait et de 8 eaux-fortes par Ed. de Beaumont, gravées par Boilvin, pour les « *Lettres persanes* ». Paris, Jouaust, 1886, in-8.

Épreuves avant la lettre sur papier de Hollande, de format in-4.

300. MORIN (Louis). Vieille Idylle. Douze pointes sèches et vingt ornements typographiques par l'auteur. *Paris, L. Conquet,* 1891, in-16, broché.

Exemplaire imprimé sur papier vélin, non mis dans le commerce, offert par l'éditeur à M. Bermond.

301. MOUTON (Eugène). Histoire de l'invalide à la tête de bois. Le squelette homogène. — Le bœuf. — Le Coq du clocher. Illustration de G. Clairin. *Paris, L. Baschet, s. d.* (1887), très grand in-8, broché.

Illustrations en couleurs hors texte et vignettes dans le texte.

302. MULLER (Eugène). La Mionette. 28 compositions de O. Cortazzo, gravées à l'eau-forte par Abot et Clapès. *Paris, L. Conquet,* 1885, pet. in-8, broché.

Exemplaire (n° 89) imprimé sur papier du Japon.

303. MUSSET (Alfred de). Nouvelles. Les deux Maîtresses ; Emmeline ; Le Fils du Titien ; Frédéric et Bernerette ; Pierre et Camille. Nouvelle édition illustrée d'un portrait gravé par Burney, d'après une miniature de Marie Moulin et de 15 compositions de F. Flameng et O. Cortazzo, gravées à l'eau-forte par Mordant et Lucas. *Paris, L. Conquet,* 1887, in-8, broché.

Exemplaire (n° 151) imprimé sur papier vélin.

304. MUSSET (Alfred de). Théâtre. Avec une introduction par Jules Lemaître. Dessins de Charles Delort gravés par Boilvin. *Paris, Librairie des bibliophiles,* 1889-1891, 4 vol. in-8, brochés.

Un des 25 exemplaires (n° 7) imprimés sur papier de Chine ; contenant les eaux-fortes en deux états : avant et avec la lettre.

305. NADAUD (Gustave). Chansons folles. (*Évreux, imp. de Ch. Hérissey*), *s. d.* (1887), in-16, broché.

Exemplaire imprimé sur papier vélin de cuve.
Frontispice gravé à l'eau-forte par *Henry Somm.*

306. NERVAL (Gérard de). Les Filles du feu, Sylvie, Jemmy, Octavie, Isis, Émilie, avec une préface de Jules Levallois. Dessins d'Émile Adan, gravés à l'eau-forte par Le Rat. *Paris, Libr. des Bibliophiles,* 1888, in-8, broché.

Un des 25 exemplaires (nº 24) imprimés sur PAPIER DE CHINE, contenant les eaux-fortes en DEUX états : AVANT et avec la lettre.

307. NICHOLSON (William). An Alphabet. *London, W. Heinemann,* 1898, 26 lithographies en couleurs. — London types, quatorzains by W.-E. Henley. *Ibid., id.,* 1898, 12 lithographies en couleurs. — Ens. 2 albums in-4, cartonnés.

308. NOUVEAU (Le) Decaméron. *Paris, E. Dentu,* 1884-1887, 10 vol. pet. in-8, brochés.

Exemplaire imprimé sur PAPIER VERGÉ ; contenant les eaux-fortes en DEUX états : en noir et en bistre.

309. OLD NICK (Émile-Forgues) et GRANDVILLE. Petites misères de la vie humaine. *Paris, H. Fournier,* 1843, in-8, dos et coins mar. grenat, tête dor., ébarbé (*Fock*).

PREMIER TIRAGE.
Ouvrage orné de 2 frontispices, de 48 planches hors texte et de vignettes dans le texte, gravées sur bois, d'après les dessins de *Grandville.*

310. OLD NICK (Émile-Forgues). La Chine ouverte. Aventures d'un Fan-Kouei dans le pays de Tsin. Ouvrage illustré par Auguste Borget. *Paris, H. Fournier,* 1845, in-8, basane grenat, ornements à froid aux angles, fer doré au milieu, tr. dor. (*Rel. de l'époque*).

PREMIER TIRAGE.
Ouvrage orné de 50 planches hors texte et de vignettes dans le texte gravées sur bois.

311. OUVRAGES ILLUSTRÉS PAR A. ROBIDA. 4 vol. in-4 et gr. in-8, brochés.

ARÈNE (Paul). Le Secret de polichinelle. Enluminé par A. Robida, *Paris, Floury,* 1897. — LE CAS DU VIDAME, par l'académicien d'Estampes. *Paris, Libr. illustrée, s. d.* — CLARETIE (Jules). Explication. *Ibid., id.,* 1894. — MISTRAL (F.). Les Secrets des bestes. *Paris, Floury,* 1896.

312. PARIS-LONDRES. Keepsake français. 1838 et 1839. Nouvelles inédites illustrées par 26 vignettes gravées à Londres par les meilleurs artistes. *Paris, Delloye, Desmé et Cie,* 1838-1839, 2 vol. in-8, broché et demi-rel. mar. vert, tête dor., non rogné (*Fock*).

Chaque volume est orné d'un frontispice et de 25 planches gravées sur acier.
Texte par Mme Tastu, E. Legouvé, H. Lucas, comtesse Dash, J. Janin, Chateaubriand, A. Dumas, etc., etc.

313. PARNES (Roger de) et HEYLLI (Georges d'). La Régence. Portefeuille d'un roué. — Gazette anecdotique du règne de Louis XVI. Portefeuille d'un Talon-rouge. — Le Directoire. Portefeuille d'un incroyable. *Paris, Rouveyre,* 1880-1881, 3 vol. in-8, brochés.

Compositions et dessins par *Mesplès, Le Natur,* et *Perret,* gravés par *Rouveyre, Puyplat, de Malval,* etc.

314. PELLICO (Silvio). Mes prisons, suivies du discours sur les devoirs des hommes. Traduction de M. Antoine de Latour, avec des chapitres inédits... Édition illustrée par Tony Johamnot. *Paris, Charpentier,* 1843, gr. in-8, cartonn. papier blanc de l'éditeur.

Premier tirage.
Cartonnage fatigué.

315. PELLICO (Silvio). Mes Prisons, suivi des devoirs des hommes. Traduction nouvelle, par le comte H. de Messey, revue par le vicomte Alban de Villeneuve, avec notice biographique et littéraire sur Silvio Pellico et ses ouvrages par M. V. Philipon de la Madelaine. Edition illustrée d'après les dessins de MM. Gérard Seguin, d'Aubigny, Steinheil, etc., etc. *Paris, H.-L. Delloye,* 1844, gr. in-8, chagrin vert, comp. de fil. à froid, milieu orné, tr. dor. (*Rel. de l'époque*).

Premier tirage.

316. PELLICO (Silvio). Mes Prisons. Traduction nouvelle par Francisque Reynard, Dessins de Bramtot gravés par Toussaint. *Paris, Lib. des bibliophiles,* 1887, in-8, broché.

Un des 170 exemplaires (n° 71) imprimés sur papier de Hollande.

317. PERRAULT (Ch.). Les Contes de Perrault; dessins par Gustave Doré. Préface par P.-J Stahl. *Paris, J. Hetzel,* 1862, in fol., cartonn. en toile rouge avec plaque (*Rel. des éditeurs*).

Premier tirage.

318. PERRAULT (Ch.). Les contes [en vers et en prose], précédés d'une préface par P.-L. Jacob, bibliophile et suivis de la dissertation sur les contes de fées par le baron Valckenaer. Douze eaux-fortes par Lalauze. *Paris, Lib. des bibliophiles,* 1876, 2 vol. in-8, brochés.

Un des 170 exemplaires imprimés sur papier de Hollande.

319. POE (Edgar). Histoires extraordinaires et nouvelles histoires extraordinaires, traduites par Charles Baudelaire. *Paris, A. Quantin,* 1884, 2 vol. in-8, dos et coins mar. vert., tête dor., ébarbés, couvert. (*Fock*).

Illustrations de *Abot, Wogel, Férat, Meyer, Meaulle,* etc., etc.

320. POÈTES (Petits) du XVIIIe siècle. *Paris, A. Quantin,* 1879-1886, 12 vol. pet. in-8, brochés.

Un des 100 exemplaires (n° 74) sur PAPIER WHATMAN, contenant un DOUBLE tirage des portraits et vignettes.

Poésies de Bernis, Bertin, Bonnard, Boufflers, Gentil-Bernard, Desforges-Maillard, Gilbert, Gresset, Lataignant, Malfilatre, Alexis Piron, Joseph Vadé.

321. POUGIN (Arthur). Dictionnaire historique et pittoresque du théâtre et des arts qui s'y rattachent. Poétique, musique, danse, pantomime, décor, costume, etc., etc. *Paris, Firmin Didot et Cie,* 1885, gr. in-8, demi-rel., chagrin grenat, tête dor., non rogné, couvert. (*Fock*).

Ouvrage illustré de 350 gravures et de 8 chromolithographies.

322. PRÉVOST (Abbé). Histoire de Manon Lescaut et du chevalier des Grieux, précédée d'une étude par Arsène Houssaye. Six eaux-fortes par Hédouin. *Paris, Lib. des bibliophiles,* 1874, 2 vol. in-8, brochés.

Un des 170 exemplaires (n° 98) imprimés sur PAPIER DE HOLLANDE.

323. PROPOS DE TABLE (Les) de la vieille Alsace, illustrés tout au long de dessins originaux des anciens maîtres alsaciens... Traduite, annotée et enrichie de compositions nouvelles par Emile Reiber... *Imprimé à Paris par R. Engelmann, se vend chez H. Launette,* 1886, in-4, broché (*Couvert. illust.*).

Papier des Vosges à la forme.

324. QUEVEDO-VILLEGAS (Francisco de). Histoire de Don Pablo de Ségovie, surnommé l'aventurier buscon ; traduite de l'espagnol et annotée par A. Germond de Lavigne, précédée d'une lettre de M. Charles Nodier. Vignettes de Henry Emy, gravées par A. Baulant. *Paris, Charles Warée,* 1843, in-8, cartonn. dos et coins toile verte, non rogné (*Couvert.*).

PREMIER TIRAGE.

325. QUEVEDO-VILLEGAS (Francisco de). Histoire de Pablo de Ségovie (el gran Tacano). Traduite de l'espagnol et annotée par A. Germond de Lavigne. Illustrée de nombreux dessins par D. Vierge. *Paris, Léon Bonhoure,* 1882, pet. in-8, dos et coins mar. La Vall., fil., dos orné, tête dor., non rogné (*Fock*).

326. QUICHERAT (J.). Histoire du costume en France, depuis les temps les plus reculés jusqu'à la fin du XVIIIe siècle. Ouvrage contenant 481 gravures dessinées sur bois d'après les documents authentiques par Chevignard, Pauquet et P. Sellier. *Paris, Hachette et Cie,* 1875, gr. in-8, dos et coins mar. rouge, tête dor., non rogné, couvert. (*Fock*).

327. RABELAIS. Œuvres, contenant la vie de Gargantua et celle de Pantagruel, augmentées de plusieurs fragments et de deux chapitres du ve livre restitués d'après un manuscrit de la Bibliothèque impériale, précédées d'une notice historique sur la vie et les ouvrages de Rabelais. Augmentée de nouveaux documents par P.-L. Jacob bibliophile. Nouvelle édition, revue sur les meilleurs textes et particulièrement sur les travaux de J. Le Duchat et de S. de l'Aulnaye, éclaircie quant à l'orthographe et à la ponctuation, et accompagnée de notes succinctes et d'un glossaire par Louis Barré. Illustrations par Gustave Doré. *Pa is, J. Bry aîné*, 1854, gr. in-8 à deux col., broché (*Couvert. illust.*).

Premier tirage.
Ouvrage orné de 15 planches hors texte et de vignettes dans le texte, gravées sur bois.
Petit trou sur le premier plat de la couverture.

328. RABELAIS. Les Cinq livres de F. Rabelais, publiés avec des variantes et un glossaire par P. Chéron et ornés de onze eaux-fortes par E. Boilvin. *Paris, Lib. des bibliophiles*, 1876-1877, 5 vol. in-8, brochés.

Un des 170 exemplaires (n° 191) imprimés sur papier de Hollande.

329. RABELAIS. Œuvres de Rabelais, édition conforme aux derniers textes revus par l'auteur, avec une notice et un glossaire par Pierre Jannet. Illustrations de A. Robida. *Paris, à la Librairie illustrée, s. d.* (1885-1886), 2 vol. in-4, brochés.

Un des 100 exemplaires (n° 42) imprimés sur papier de Chine.

330. REVUE (La) COMIQUE à l'usage des gens sérieux. Histoire morale, philosophique, politique, critique, littéraire et artistique de la semaine. Texte par MM. A. Lireux, C. Caraguel, P. Vertot, E. de La Bedollière, Gérard de Nerval, etc., etc., dessins par MM. Bertall, Nadard, Fabritzius, etc. Novembre 1848-Décembre 1849. *Paris, Dumineray*, 1848-1849, 2 tomes en 1 vol. gr. in-8, dos et coins mar. rouge, dos orné, non rogné (*Couvert.*).

331. REYBAUD (Louis). Jérôme Paturot à la recherche de la meilleure des républiques. Edition illustrée par Tony Johannot. *Paris, Michel Lévy frères*, 1849, gr. in-8, cart. toile noire, plaque à froid et dorée, dos orné, tr. dor. (*Cartonn. des éditeurs*).

Premier tirage.
Ouvrage orné de 30 planches hors texte gravées sur bois.
Cartonnage très frais.

332. RIVIÈRE (Henri). Les Trente-six vues de la tour Eiffel. Prologue d'Arsène Alexandre. *Paris, Imp. Eug. Verneau, 1888-1902*, in-4 oblong, dans le cartonnage de publication, avec étui.

30 lithographies en couleurs.

333. ROBIDA. Le Vingtième siècle. Texte et dessins par A. Robida. *Paris, G. Decaux*, 1883, gr. in-8, cartonn. toile verte, fers spéciaux, tr. dor. (*Cartonn. de l'éditeur*).

334. ROBIDA. Voyages de fiançailles au xxe siècle. Texte et dessins par A. Robida. *Paris, Conquet*, 1892, in-16, broché.

Tirage à 200 exemplaires imprimés sur papier de Chine non mis dans le commerce.

335. ROUSSEAU (J.-J.). Les Confessions, avec une préface par Marc-Monnier. Treize eaux-fortes par Ed. Hédouin. *Paris, Lib. des bibliophiles*, 1881, 4 vol. in-8, brochés.

Un des 170 exemplaires (n° 163) imprimés sur PAPIER DE HOLLANDE.

336. ROUSSEAU (J.-J.). Les Confessions. Nouvelle édition illustrée de 96 compositions par Maurice Leloir, gravées à l'eau-forte par les premiers artistes. Préface de Jules Claretie. *Paris, H. Launette et Cie*, 1889, 2 vol. gr. in-8, brochés.

337. SAHIB (Louis-Ernest-Lesage). La Frégate l'Incomprise. Voyage autour du monde à la plume par Sahib. *Paris, L. Vanier*, 1876, in-4, broché.

ÉDITION ORIGINALE.

338. SAINT-PIERRE (Bernardin de). Paul et Virginie, suivi de la Chaumière indienne, du Café de Surate, du Voyage en Silésie, de l'éloge de mon Ami, et du Vieux Paysan Polonais. *A Paris, chez Méquignon Marvis*, 1823. In-8, figures, dérelié, en feuilles dans une demi-rel. mar. grenat à longs grains, dos orné et mosaïqué (*Vogel*).

Titre gravé avec vignette, 4 figures hors texte, gravées par *Ch. Heath*, d'après *Desenne*, et 1 carte lithographie.

Exemplaire sur PAPIER GRAND RAISIN, contenant les figures sur Chine en DEUX états : EAU-FORTE PURE et épreuve avant la lettre, et un tirage à part du titre gravé avant la lettre, à l'état d'eau-forte.

On y a joint 1 vignette (portrait de Saint-Pierre) sur Chine.

339. SAINT-PIERRE (Bernardin de). Paul et Virginie, par J.-H. Bernardin de Saint-Pierre. *Paris, L. Curmer, 25, rue Sainte-Anne*, 1838, in-8, dérelié, en feuilles dans son cartonn. de l'époque, ébarbé.

PREMIER TIRAGE.

Exemplaire lavé et encollé, préparé pour la reliure.

340. SAINT-PIERRE (Bernardin de). Paul et Virginie, précédé d'une étude sur les origines de Paul et Virginie, par S. Cambray. Eaux-fortes de Laguillermie. *Paris, Libr. des bibliophiles*, 1878, in-8 broché.

Un des 170 exemplaires (n° 138) imprimés sur PAPIER DE HOLLANDE.

341. SAINT-PIERRE (Bernardin de). Suite complète d'un portrait, et de 5 eaux-fortes par Laguillermie, pour *Paul et Virginie*. *Paris, Jouaust*, 1886, in-4.

Epreuves AVANT la lettre, tirées sur papier du Japon de format in-4.

342. SAULIÈRE (Auguste). Les Leçons conjugales, contes lestes. *Paris, Dentu*, 1879. — Histoires conjugales, nouveaux contes lestes. *Ibid., id.*, 1881. — Ce qu'on n'ose pas dire. *Ibid., id.*, 1884. — Ens. 3 vol. in-12, brochés.

Chaque volume est orné d'eaux-fortes et de vignettes par *Henry Somm*.

343. SCARRON. Le Roman comique, publié par les soins de D. Jouaust, avec une préface par Paul Bourget. Eaux-fortes par Léopold Flameng. *Paris, Libr. des bibliophiles*, 1880, 3 vol. in-8, brochés.

Un des 170 exemplaires (n° 67) imprimés sur PAPIER DE HOLLANDE.

344. SCÈNES DE LA VIE PRIVÉE ET PUBLIQUE DES ANIMAUX. Vignettes par Grandville. Etudes de mœurs contemporaines, publiées sous la direction de M. P.-J. Stahl, avec la collaboration de MM. de Balzac, L'Héritier, Alfred de Musset, Paul de Musset, Charles Nodier, etc. *Paris, J. Hetzel et Paulin*, 1842, 2 vol. gr. in-8, dos et coins mar. rouge, fil., dos orné, tête dor., ébarbés.

PREMIER TIRAGE.
Ouvrage orné de 201 planches hors texte et de vignettes dans le texte, gravées sur bois par *Andrew, Best, Leloir, Breviere*, etc., etc.

345. SCHLUMBERGER (Gustave). L'Epopée byzantine à la fin du dixième siècle. Guerres contre les Russes, les Arabes, les Allemands, les Bulgares ; luttes civiles contre les deux Bardas. Jean Tzmiscès. Les jeunes années de Basile II, le tueur de Bulgares (969-989). Basile II, le tueur de Bulgares. *Paris, Hachette et Cie*, 1896-1900, 2 vol. gr. in-8, brochés.

Nombreuses illustrations hors texte et dans le texte.

346. SCHOLL (Aurélien). Denise. Aquarelles de Grivaz, gravées par Arents. *Paris, Rouveyre et Blond*, 1884, in-8, broché (*Couvert. illust.*).

Un des 50 exemplaires, imprimés sur PAPIER DU JAPON, contenant le TIRAGE A PART en bistre sur Japon de toutes les illustrations.

347. SHAKSPEARE DES DAMES. Galerie des trente principales héroïnes inspirées par les œuvres dramatiques de Shakspeare, dessinées et gravées par les premiers artistes de l'Angleterre. *Paris, Ambr. Dupont*, 1838, in-8, chagrin rouge, large encadrement doré,

milieu orné du portrait de Shakespeare, dos orné, tr. dor. (*Rel. de l'éditeur*).

30 portraits gravés sur acier.

Le portrait de Shakespeare, qui orne les plats de la reliure, est la reproduction de la plaque qui se trouve dans l'église de Stratford, en Angleterre, lieu de naissance du célèbre poète dramatique.

348. SILVESTRE (Armand). La Russie. Impressions, portraits, paysages. Illustrations de Henri Lanos. *Paris, Testard*, 1892, gr. in-8, broché.

349. SILVESTRE (Armand). Trente sonnets pour Mademoiselle Bartet. Portrait frontispice composé par Atalaya, gravé à l'eau-forte par F. Massé. *Paris, Henri Floury*, 1896, in-8, broché.

Tirage unique à 200 exemplaires (n° 130) imprimés sur PAPIER DU JAPON.

350. SIMONS (Théodore). L'Espagne. Ornée de 335 gravures et planches par Alexandre Wagner. Traduction par Marcel Lemercier. *Paris, F. Ebhardt*, 1881, in-fol., demi-rel. mar. grenat, tête dor.

351. SMIRKE (Rob.). Illustrations to Shakespeare, by Robt Smirke, R. A. *London, Published by Rodwell and Martin*, 1811. In-fol., en feuilles, dans un carton.

Suite de 49 gravures, y compris le frontispice, dessinées par *R. Smirke*, gravées par *F. Engleheart, W. Finden, Heath, E. Portbury, S. Davenport* et autres.

Épreuves sur PAPIER DE CHINE AVANT la lettre.

352. STAAL-DE LAUNAY (Mme de). Mémoires, avec une préface par Mme la baronne Double et quarante et une eaux-fortes par Ad. Lalauze. *Paris, Libr. des bibliophiles*, 1890, 2 vol. in-8, brochés.

Un des 125 exemplaires (n° 124) imprimés sur PAPIER DE HOLLANDE.

353. STAAL-DE LAUNAY (Mme de). Mémoires de Madame de Staal (Mademoiselle Delaunay). Un portrait et trente compositions de C. Delort, gravés au burin et à l'eau-forte par L. Boisson. Préface de R. Vallery-Radot. *Paris, L. Conquet*, 1891, in-8, broché.

Exemplaire (n° 130) imprimé sur papier vélin du Marais, contenant l'état des gravures qui porte le nom des artistes à la pointe sèche, et de deux compositions gravées (sur le titre et la couverture) qui ne se trouvent pas dans les exemplaires ordinaires.

354. STAAL-DE LAUNAY (Mme de). Suite complète d'un portrait et des 30 compositions de C. Delort, gravés au burin et à l'eau-forte par L. Boisson, pour les *Mémoires*. Paris, Conquet, 1891, in-8.

TIRAGE A PART sur papier vélin.

On y a ajouté l'épreuve refusée du chapitre XIV et le tirage à part du portrait de la couverture.

355. STENDHAL (De). La Chartreuse de Parme. Réimpression textuelle de l'édition originale illustrée de 32 eaux-fortes par V. Foulquier. Préface de Francisque Sarcey. *Paris, L. Conquet,* 1883, 2 vol. in-8, brochés.

Exemplaire (n° 490) imprimé sur papier vélin à la cuve.
Prospectus de publication ajouté.

356. STENDHAL (de). Le Rouge et le Noir. Réimpression textuelle de l'édition originale ; illustrée de 80 eaux-fortes par H. Dubouchet. Préface de Léon Chapron. *Paris, L. Conquet,* 1884, 3 vol. gr. in-8, cartonn. dos et coins mar. vert, non rognés (*Couvert.*).

Exemplaire imprimé sur PAPIER DU JAPON EXTRA offert par l'éditeur à H. Dubouchet, illustrateur de l'ouvrage, contenant les eaux-fortes en TROIS états, dont l'EAU-FORTE PURE.
Il renferme les deux cartons du tome second.

357. STENDHAL (de). Le Rouge et le Noir. Réimpression textuelle de l'édition originale ; illustrée de 80 eaux-fortes par H. Dubouchet. Préface de Léon Chapron. *Paris, L. Conquet,* 1884, 3 vol. in-8, brochés.

Exemplaire (n° 449) imprimé sur papier vélin à la cuve.
Prospectus de publication ajouté.

358. STERNE (L.). Voyage sentimental en France et en Italie. Traduction nouvelle par Alfred Hédouin. Six eaux-fortes par Edmond Hédouin. *Paris, Libr. des bibliophiles,* 1875, in-8, broché.

Un des 170 exemplaires (n° 87) imprimés sur PAPIER DE HOLLANDE.

359. STERNE (L.). Voyage sentimental en France et en Italie. Traduction nouvelle et notice de M. Emile Blémont. Illustrations de Maurice Leloir, comprenant 220 dessins dans le texte et 12 grandes compositions hors texte. *Paris, H. Launette,* 1884, gr. in-8, broché.

360. SUE (Eugène). Les Mystères de Paris. Nouvelle édition, revue par l'auteur. *Paris, Libr. de Ch. Gosselin,* 1843-1844, 4 tomes en 2 vol. gr. in-8, cartonn. dos et coins toile rouge, non rognés.

PREMIER TIRAGE.
Ouvrage orné de planches hors texte et de vignettes dans le texte gravées sur bois.

361. SWIFT. Voyages de Gulliver dans les contrées lointaines. Édition illustrée par Grandville. Traduction nouvelle. *Paris, H. Fournier aîné, Furne et Cie,* 1838, 2 vol. in-8, dos et coins mar. orange, tête dor., non rognés (*Fock*).

Bel exemplaire de PREMIER TIRAGE.

362. SWIFT. Voyages de Gulliver dans des contrées lointaines. Édi-

tion illustrée par Grandville. Traduction nouvelle. *Paris, Furne et Cie, H. Fournier aîné*, 1838, 2 vol. in-8, dereliés.

PREMIER TIRAGE.
Exemplaire lavé et encollé préparé pour la reliure.

363. SWIFT. Voyages de Gulliver dans des contrées lointaines. Traduction nouvelle, illustrée par Grandville. *Paris, H. Fournier, Furne et Cie*, 1845, in-8, dos et coins mar. vert, tête dor., ébarbé, couvert. illust. (*Fock*).

Première édition en un seul volume.

364. SWIFT. Voyages de Gulliver. Traduction nouvelle et complète par B.-H. Gausseron. *Paris, A. Quantin, s. d.*, gr. in-8, broché (*Couvert. illust.*).

Un des 100 exemplaires (n° 70) imprimés sur PAPIER DU JAPON.

365. TAVERNIER (Adolphe) et ALEXANDRE (Arsène). Le Guignol des Champs-Elysées. *Paris, Delagrave, s. d.* (1889). — THÉATRE LYONNAIS de Guignol. Nouvelle édition revue, corrigée et annotée par l'auteur, illustrée de dessins et culs-de-lampe par Enas d'Orly. *Lyon, Libr. Méra*, 1890. — Ens. 2 vol. in-4 et in-8, brochés.

366. TCHOU-CHIN-GOURA, ou une vengeance japonaise, roman japonais traduit en anglais avec notes et appendice par Frédérick-V.-Dickins. Traduction française d'Albert Dousdebès. Nombreuses gravures sur bois exécutées au Japon par des artistes japonais et tirées sur papier japonais. *Paris, Ollendorff*, 1886, in-8, broché.

367. THEURIET (André). Les Œillets de Kerlaz. Édition originale illustrée de quatre eaux-fortes de Rudaux, de huit en-têtes et culs-de-lampe de Giacomelli, gravés par T. de Mare. *Paris, Conquet*, 1885, in-12, cartonn. mar. La Vall., non rogné, couvert. (*Champs*).

Exemplaire (n° 62) imprimé sur PAPIER DU JAPON, contenant les eaux-fortes hors texte en DEUX états : AVANT et avec la lettre, et le *tirage à part*, sur Japon, des illustrations du texte.

368. THEURIET (André). La Vie rustique. Compositions et dessins de Léon Lhermitte, gravures sur bois de Clément Bellenger. *Paris, H. Launette et Cie*, 1888, gr. in-8, broché.

Exemplaire imprimé sur PAPIER VÉLIN BLANC.

369. TOUCHSTONE (S.-F.). Les Chevaux de courses. Pédigrée, description historique. Historique des étalons pur-sang anglais et français et des juments françaises les plus célèbres ayant paru sur

le turf, de 1764 à 1887. *Paris, Rothschild*, 1889, in-4, oblong, dos et coins mar. grenat, tête dor., non rogné (*Couvert. illust.*).

60 planches en chromolithographie par *F.-J. Collison, L. Penicault* et *Le Nail*. Texte orné de 182 vignettes par *Crafty, Arsenius, Cousturier*, etc., etc.

370. TOURNEUX (Maurice). Prosper Mérimée, ses portraits, ses dessins, sa bibliothèque. Étude. *Paris, Charavay frères*, 1879, in-16, broché.

Édition originale, ornée de deux héliogravures hors texte, et de vignettes dans le texte.
Papier de Hollande.

371. TOUSSENEL (A.). L'Esprit des bêtes. Illustré par Émile Bayard. *Paris, J. Hetzel. s. d.* Gr. in-8, demi-rel. mar. grenat, tête dor., non rogné, couvert. illust. (*Fock*).

85 dessins d'*Émile Bayard*, gravés sur bois par *Pannemaker*.

372. TRAITÉ général des chasses à courre et à tir. Orné de trente-six planches. Ouvrage entièrement neuf par une société de chasseurs (par J.-P.-R. Cuisin) et dirigé par M. Jourdain. *Paris, Audot*, 1822, 2 vol. in-8, brochés.

Ouvrage orné de 36 planches hors texte.

373. UCHARD (Mario). Mon Oncle Barbassou. Orné de 40 compositions gravées à l'eau-forte par Paul Avril. *Paris, J. Lemonnyer*, 1884, in-8, broché.

Exemplaire (n° 256) imprimé sur papier vergé de Hollande.

374. UZANNE (Octave). La Chronique scandaleuse, avec préface, notes et index. *Paris, A. Quantin*, 1879. — Anecdotes sur la comtesse Du Barry, avec préface et index. *Ibid., Id.*, 1880. — La Gazette de Cythère, avec notice historique. *Ibid., Id.*, 1881. — Ens. 3 vol. gr. in-8, cartonn. dos et coins toile bleue, non rognés (*Couvert.*).

Exemplaires imprimés sur papier Whatman.

375. UZANNE (Octave). L'Éventail. Illustrations de Paul Avril. *Paris, A. Quantin*, 1882, gr. in-8, broché (*Couvert. illust.*).

376. UZANNE (Octave). L'Ombrelle. Le Gant. Le Manchon. Illustrations de Paul Avril. *Paris, A. Quantin*, 1883, gr. in-8, broché (*Couvert. illust.*).

377. UZANNE (Octave). Son Altesse la femme. Illustrations de Henri Gervex, J.-A. Gonzalès, L. Kratké, Albert Lynch, Adrien

Moreau et Félicien Rops. *Paris, A. Quantin,* 1885, gr. in-8, broché (*Couvert. illust.*).

On y a ajouté 30 épreuves diverses des illustrations : eaux-fortes et avant lettre, en noir et en couleurs, sur Japon et sur Hollande.

378. UZANNE (Octave). La Française du siècle ; modes, mœurs, usages. Illustrations à l'aquarelle de Albert Lynch, gravées à l'eau-forte en couleurs par Eugène Gaujean. *Paris, A. Quantin,* 1886, in-8, broché (*Couvert. illust.*).

Exemplaire auquel on a ajouté différents états des eaux-fortes en épreuves avant et avec la lettre, en noir et en couleurs.

379. UZANNE (Octave). Le miroir du monde. Notes et sensations de la vie pittoresque. Illustrations en couleurs d'après Paul Avril. *Paris, Maison Quantin,* 1888, pet. in-4, broché (*Couvert. illust.*).

On y a ajouté 60 épreuves diverses ou fumés des illustrations : eaux-fortes et épreuves avant la lettre, en noir et en couleurs, sur Japon, Chine ou Hollande.

380. UZANFE (Octave). La Femme à Paris. Nos contemporaines, notes successives sur les parisiennes de ce temps, dans leurs divers milieux, états et conditions. Illustrations de Pierre Vidal. *Paris, May et Motteroz,* 1894, gr. in-8, broché.

381. VALLÈS (Jules). Jacques Vingtras. L'Enfant, par Jules Vallès. Edition illustrée de 12 eaux-fortes par Renouard. *Paris, Quantin,* 1884, in-8, broché.

382. VAUX (Baron de). Les Hommes d'épée. Préface par Aurélien Scholl. *Paris, Ed. Rouveyre,* 1882. — Les Duels célèbres. *Ibid., id.,* 1884. — Ens. 2 vol. in-8, brochés.

Exemplaires imprimés sur papier vergé contenant les figures hors texte tirées sur PAPIER DE CHINE.

383. VECELLIO (Cesare). Costumes anciens et modernes de César Vecellio, précédés d'un essai sur la gravure sur bois par M. Amb. Firmin-Didot. *Paris, F.-Didot,* 1859-1860, 2 vol. in-8, fig., dos et coins mar. citron, fil., dos orné, tête dor., ébarbés (*Fock*).

L'*Essai sur la gravure* ne se trouve pas dans l'exemplaire.

384. VIE (La) et les mystères de la Bienheureuse Vierge Marie, mère de Dieu. *Henri Charpentier. Paris. Nantes,* 1859, in-folio, dos chagrin rouge, plats toile rouge, fers spéciaux, tr. dor. (*Rel. de l'éditeur*).

Ouvrage entièrement chromolithographié, contenant des figures et bordures ; ces dernières sont copiées sur des bordures de manuscrits anciens.

385. VITU (Auguste). Paris. 500 dessins d'après nature. *Paris, maison Quantin, s. d.* (1889), gr. in-4, broché.

ÉDITION ORIGINALE.

386. VOGÜÉ (E.-M. de). Le Manteau de Joseph Olenine. Portrait gravé par A. Lamotte. *Paris, L. Conquet*, 1889, in 16, broché.

Exemplaire imprimé sur papier vélin du Marais, non mis dans le commerce et offert par l'éditeur à M. Bermond.

387. VOSSION (Louis). Trois femmes pour un époux, conte birman. Illustrations et encadrements en couleurs de A. Robida. *Paris, chez Angelo Mariani*, 1910, pet. in-fol. broché (*Couvert. illust.*).

Tirage unique à 100 exemplaires sur papier vélin à la cuve.

388. WALLON (H.). Jeanne d'Arc. Edition illustrée d'après les monuments de l'art, depuis le quinzième siècle jusqu'à nos jours. *Paris, Firmin-Didot et Cie*, 1876, gr. in-8, dos et coins mar. rouge, tête dor., non rogné, couvert. (*Fock*).

Un des 500 exemplaires (nº 387) imprimés sur PAPIER A LA FORME.

389. WILDE (Oscar). Salome, a tragedy in one act : translated from the french of Oscar Wilde, pictured by Aubrey Beardsley. *London, Elkin Mathews*, 1894, pet. in-4, cartonn. toile bleue, non rogné.

Édition tirée à 500 exemplaires.

390. WITT (Mme de). Les Chroniqueurs de l'histoire de France, depuis les origines jusqu'au XVIe siècle, texte abrégé, coordonné et traduit par Mme de Witt, née Guizot. Ouvrage contenant 11 planches en chromolithographie, 47 grandes compositions tirées en noir et 267 gravures. *Paris, Hachette et Cie*, 1883, gr. in-8, demi-rel. mar. brun, tête dor., ébarbé (*Fock*).

391. ZOLA (Emile). L'Assommoir. *Paris, Marpon et Flammarion, s. d.* (1878), gr. in-8, figures sur bois, demi-rel. bas. grenat, non rogné (*Couvert.*).

Exemplaire (nº 18) imprimé sur PAPIER DE HOLLANDE. Sans le tirage à part sur Chine.

III. — ÉDITIONS ORIGINALES D'AUTEURS CONTEMPORAINS

392. AMPÈRE (J.-J.). Promenade en Amérique. États-Unis, Cuba, Mexique. *Paris, Michel Lévy frères*, 1855, 2 vol. in-8, dos et coins mar. brun, tête dor., non rognés.

Édition originale.

393. ANGLEMONT (Édouard d'). Pélerinages. *Paris, Dentu, Eug. Renduel*, 1835, in-8, débroché.

Édition originale.
Exemplaire lavé et encollé, préparé pour la reliure.

394. ARABESQUE (Une), par MM. Roger de Beauvoir, Paul de Musset, Léon Halévy, Alphonse Royer, etc., etc., de la société des gens de lettres. *Paris, H. Souverain*, 1841, 2 vol. in-8, brochés (*Couvert.*).

Les couvertures sont ornées d'une vignette par *H. Monnier*, gravée sur bois, différente pour chaque volume ; elles sont cartonnées.

395. ARAGO (J.) et GOUIN (Édouard). Mémoires de Chodruc-Duclos, recueillis et publiés par J. Arago et Edouard Gouin. *Paris, Dolin*, 1843, 2 vol. in-8, brochés.

Édition originale.
Exemplaire très frais.

396. AUGIER (Émile). La Ciguë, comédie en deux actes, en vers. *Paris, Furne et Cie*, 1844, in-12, cartonn. demi-parchemin vert, non rogné (*Couvert.*).

Édition originale.
Exemplaire auquel on a ajouté une lettre autographe de Ponsard à Emile Augier relative à la pièce.

397. AUGIER (Émile) et SANDEAU (Jules). Le Gendre de M. Poirier, comédie en quatre actes, en prose. *Paris, Michel Lévy frères*, 1854, in-12, cartonn. demi-parchemin vert, non rogné (*Couvert.*).

Édition originale.
Exemplaire auquel on a ajouté une lettre autographe d'Emile Augier relative à un plagiat signalé par M. de Pène au sujet de la pièce ci-dessus, avec le *Gendre d'un millionnaire*.

398. AUGIER (Émile). Théâtre complet (et œuvres diverses). *Paris, Calmann-Lévy*, 1877-1878; 7 vol. in-12, dos et coins de mar. grenat. fil., dos orné, tête dor., non rognés (*Fock*).

PAPIER DE HOLLANDE.

399. AUGIER (Émile). Pièces de théâtre en éditions originales. 13 vol. in-12. dont 1 cartonn. dos et coins toile verte, et 12 brochés.

La Ciguë, 1844 (2e édition). — Gabrielle, 1850. — L'Aventurière, 1851 (nouvelle édition). — Le Joueur de flûte, 1851. — Diane, 1852. — Philiberte, 1853. — La Pierre de touche (avec Jules Sandeau), 1854. — Ceinture dorée, 1855. — Un Homme de bien, 1857 (nouvelle édition). — Les lionnes pauvres (avec Ed. Foussier), 1858. — La Jeunesse, 1858. — Un beau mariage (avec Ed. Foussier), 1859. — Le Post-scriptum, 1869.

400. AUGIER (Émile). Pièces de théâtre en éditions originales, 9 vol. in-8, dont 2 cartonn. demi-vélin vert et demi-toile bleue, les autres brochés.

Le Fils de Giboyer, 1863. — Les Effrontés, 1861. — Maître Guérin, 1865. — La Contagion, 1866. — Paul Forestier, 1868. — Lions et renards, 1870. — Jean de Thommeray [avec Jules Sandeau], 1874. — Madame Caverlet, 1876. — Les Fourchambault, 1878.

401. BALZAC. Scènes de la vie privée par M. de Balzac. *Paris, Mme Charles Béchet*, 1834-1835, 4 vol. in-8, cartonn. toile rouge, non rognés (*Pierson*).

Troisième édition formant la première série des « Etudes de mœurs au XIXe siècle ».

402. BALZAC. Scènes de la vie parisienne. 2 vol. — La Peau de chagrin. — César Birotteau. — La Recherche de l'absolu. — Eugénie Grandet. — Histoire des treize. — Le Médecin de campagne. — Théâtre. *Paris, Charpentier*, 1839-1842, 9 vol. in-12, brochés.

Le volume du *Théâtre* a été publié par Lecou et porte la date de 1853.
Éditions revues et corrigées.

403. BALZAC. Vautrin, drame en cinq actes, en prose. *Paris, Delloye, Tresse*, 1840, in-8, demi-rel. chagrin vert, plats toile, non rogné (*Rel. de l'époque*).

ÉDITION ORIGINALE.

404. BALZAC. Les Ressources de Quinola, comédie en cinq actes, en prose, et précédée d'un prologue. *Paris, H. Souverain*, 1842, in-8, broché (*Couvert.*).

ÉDITION ORIGINALE.

405. BANVILLE (Théodore de). Les Poésies (1841-1854). *Paris, Poulet-Malassis et de Broise*, 1857, in-12, broché.

PREMIÈRE ÉDITION COLLECTIVE.

406. BANVILLE (Théodore de). Poésies complètes. Les exilés, odelettes, améthystes, rimes dorées, etc. Edition définitive. *Paris, Charpentier*, 1878, in-12, broché.

PAPIER DE HOLLANDE.

407. BANVILLE (Théodore de). Poésies complètes. Odes funambulesques. Occidentales. Idylles prussiennes. Edition définitive. *Paris, G. Charpentier*, 1878, in-12, broché.

Un des 50 exemplaires (n° 26) imprimés sur PAPIER DE HOLLANDE.

408. BANVILLE (Théodore de). Les Exilés, Odelettes, Améthystes, Rimes dorées, Rondels, Les princesses, Trente-six ballades joyeuses. — Odes funambulesques, Occidentales. Idylles prussiennes. — Les Cariatides, Les stalactites, Le sang de la coupe. Roses de Noël. *Paris, Charpentier*, 1878-1879, 3 vol. in-12, cartonn. demimar. grenat, non rognés.

Edition définitive.
Un des 50 exemplaires imprimés sur PAPIER DE HOLLANDE.

409. BANVILLE (Théodore de). Comédies. *Paris, Charpentier*, 1879, in-12, broché.

Seconde édition collective.
Un des 10 exemplaires imprimés sur PAPIER DE CHINE.

410. BANVILLE (Théodore de). Les Cariatides. Les Stalactites. Le sang de la coupe. Roses de Noël. Edition définitive. *Paris, G. Charpentier*, 1879, in-12, broché.

Un des 50 exemplaires (n° 15) imprimés sur PAPIER DE HOLLANDE.

411. BANVILLE (Théodore de). Petites études. La Lanterne magique. Camées parisiens. La comédie française. Avec un dessin de Georges Rochegrosse. *Paris, G. Charpentier*, 1883, in-12, broché.

Un des 50 exemplaires (n° 8) imprimés sur PAPIER DE HOLLANDE

412. BARBEY D'AUREVILLY (J.). Les Diaboliques. *Paris, E. Dentu*, 1874, in-12, broché.

EDITION ORIGINALE.

413. BARBIER (Auguste). Iambes. *Paris, Canel et Guyot*, 1832, in-8, débroché (*Couvert.*).

EDITION ORIGINALE.
Exemplaire lavé et encollé, préparé pour la reliure.

414. BAUDELAIRE. Théophile Gautier. Notice littéraire précédée d'une lettre de Victor Hugo. *Paris, Poulet-Malassis et de Broise*, 1859, in-12, frontispice à l'eau-forte par E. Thérond, cartonn. toile verte, chiffre au milieu, non rogné.

Édition originale.

415. BAUDELAIRE. Les Fleurs du mal. Seconde édition augmentée de trente-cinq poëmes nouveaux et ornée d'un portrait de l'auteur dessiné et gravé par Bracquemond. *Paris, Poulet-Malassis et de Broise*, 1861, in-12, broché.

Couverture fatiguée.

416. BAUDELAIRE. Les Paradis artificiels. Opium et haschisch. *Paris, Poulet-Malassis et de Broise*, 1861, in-12, cartonn. toile verte, chiffre au milieu, ébarbé.

Édition rare.

417. BECQUE (Henry). Souvenirs d'un auteur dramatique. *Paris, Bibliothèque artistique et littéraire*, 1895, pet. in-8, broché.

Édition originale.

418. BÉRANGER. Chansons, par M. J.-P. de Béranger. *A Paris, chez les marchands de nouveautés*, 1821, 2 vol. — Chansons nouvelles. *Ibid., id.*, 1825. — Chansons inédites. *Paris, Baudouin frères*, 1828. — Chansons nouvelles et dernières dédiées à M. Lucien Bonaparte. *Paris, Perrotin*, 1833. — Ens., 5 vol. in-12, brochés.

Éditions originales de 2e, 3e et 4e parties.

419. BOREL (Petrus). Rapsodies. *Bruxelles, chez tous les libraires*, 1868, in-12, demi-rel. chagrin rouge, tête dor., non rogné.

Édition tirée à 280 exemplaires; elle est ornée d'un frontispice et de 2 vignettes tirés sur Chine.

420. BOREL (Petrus). Champavert, contes immoraux. Eaux-fortes par M. Adrien Aubry. *Bruxelles, J. Blanche*, 1872, pet. in-8, broché.

Exemplaire (no 164) imprimé sur papier de Hollande.

421. BOREL (Petrus). Madame Putiphar. Seconde édition, conforme pour le texte et les vignettes à l'édition de 1839. Préface par M. Jules Claretie. *Paris, Léon Willem*, 1877-1878, 2 vol. in-8, brochés.

Un des 250 exemplaires (no 80) imprimés sur papier de Hollande.

422. BOUILHET (Louis). Poésies. Festons et astragales. *Paris, Libr. nouvelle, Bourdilliat et Cie*, 1859, in-12, broché.

Édition originale.

423. BRUANT (Aristide). Dans la rue. Chansons et monologues. Dessins de Steinlen. *Paris, A. Bruant, s. d.* (1889), 2 vol. in-12, brochés.

Le second volume est en ÉDITION ORIGINALE et imprimé sur PAPIER DU JAPON.

424. CAMUSET (Dr Georges). Les Sonnets du docteur. *Paris, chez la plupart des libraires,* 1884, pet. in-8, broché.

ÉDITION ORIGINALE.
Exemplaire imprimé sur PAPIER DE HOLLANDE.

425. CHAMPFLEURY. Les Amis de la nature, avec un frontispice gravé par Bracquemond d'après un dessin de Gustave Courbet, et précédés d'une caractéristique des œuvres de l'auteur par Edmond Duranty. *Paris, Poulet-Malassis et de Broise,* 1859, in-12, broché.

ÉDITION ORIGINALE.

426. CHAMPFLEURY. L'Hôtel des commissaires-priseurs. *Paris, Dentu,* 1867 (ÉD. ORIG.). — Les Chats. *Paris, Rothschild,* 1869 (Éd. orig.). — Contes. *Paris, Lévy frères,* 1851. — Les excentriques. *Ibid., id.,* 1856. — Monsieur de Boisdhyver. *Paris, Poulet-Malassis et de Broise,* 1861. — Souvenirs et portraits de jeunesse. *Paris, Dentu,* 1872. — Ens. 6 vol. in-12, dont 5 brochés et 1 cartonn. demi-toile verte.

427. CHAMPSAUR (Félicien). Entrée de clowns. Dessins de Bac, Beauquesne, Blass, Chéret, Detaille, Willette, etc. *Paris, Jules Lévy,* 1886, in-12, broché (*Couvert. illust.*).

ÉDITION ORIGINALE.
Un des 30 exemplaires (n° 37) imprimés sur PAPIER DE HOLLANDE.

428. CHEVIGNÉ (Comte de). Contes rémois. *Paris, Firmin Didot frères, Delaunay,* 1839, in-12, broché.

Même édition que celle de 1836 avec un nouveau titre. De plus, on y a ajouté les pages 123 à 176.

429. COPPÉE (François). Le Passant, comédie en un acte, en vers. *Paris, A. Lemerre, s. d.* — Une Idylle pendant le Siège. *Ibid., id.,* 1874. — Severo Torelli, drame en cinq actes en vers. *Ibid., id.,* 1883. — Les Jacobites, drame en cinq actes, en vers. *Ibid., id.,* 1885. — Contes rapides. *Ibid., id.,* 1889. — Pour la Couronne, drame en cinq actes, en vers. *Ibid., id.,* 1895. — Ens. 6 vol. in-12, dont 5 brochés et un cartonn. demi-toile grise.

ÉDITIONS ORIGINALES, sauf pour le *Passant.*

430. DANTE. La divine comédie, traduite et précédée d'une introduction sur la vie, la doctrine et les œuvres de Dante. Œuvres

posthumes de F. Lamennais publiées selon le vœu de l'auteur par E.-D. Forgues. *Paris, Didier et Cie*, 1862, 2 vol. in-8, en feuilles (*Couvert.*).

Exemplaire préparé pour la reliure.

431. DANTE. L'Enfer mis en vieux langage français et en vers accompagné du texte italien et contenant des notes et un glossaire, par E. Littré. *Paris, Hachette et Cie*, pet. in-8, broché.

Un des 90 exemplaires (nº 20) imprimés sur PAPIER DE HOLLANDE.

432. DAUDET (Alphonse). Le Nabab, mœurs parisiennes. *Paris, Charpentier*, 1878, in-12, broché.

ÉDITION ORIGINALE.
PAPIER DE HOLLANDE.

433. DAUDET (Alphonse). Les Rois en exil, roman parisien. *Paris, Dentu*, 1879, in-12, dos et coins de mar. La Vall., tête dor., non rogné (*Fock*).

ÉDITION ORIGINALE.
PAPIER DE HOLLANDE.

434. DAUDET (Alphonse). Les Rois en exil, roman parisien. *Paris, Dentu*, 1879, in-12, broché.

ÉDITION ORIGINALE.
PAPIER DE HOLLANDE.

435. DAUDET (Alphonse). Numa Roumestan. Mœurs parisiennes. *Paris, Charpentier*, 1881, in 12, dos et coins de mar. La Vall., tête dor., non rogné, couvert. (*Fock*).

ÉDITION ORIGINALE.
PAPIER DE HOLLANDE.

436. DAUDET (Alphonse). L'Immortel, mœurs parisiennes. *Paris, Lemerre*, 1888, in-12, broché.

ÉDITION ORIGINALE.
PAPIER DE HOLLANDE.

437. DAUDET (Alphonse). La petite paroisse, mœurs conjugales. *Paris, Lemerre*, 1895, in-12, broché.

ÉDITION ORIGINALE.
PAPIER DE HOLLANDE.

438. DELAROA (Joseph). Les Patenotres d'un surnuméraire. Conseils d'un grand-oncle recueillis et mis en lumière par Joseph Delaroa. *Lyon, Louis Perrin*, 1860, in-16, broché.

ÉDITION ORIGINALE.

On y a joint un exemplaire de la seconde édition. *Lyon, N. Scheuring*, 1874, in-12, dos et coins mar. La Vall., tête dor., non rogné (*Fock*).

439. DELAVIGNE (Casimir). Sept messéniennes nouvelles. *Paris, chez Ladvocat*, 1827, in-8, broché (*Couvert.*).

Edition originale.
Exemplaire lavé et encollé préparé pour la reliure.

440. DELVAU (Alfred). Les Heures parisiennes. 25 eaux-fortes d'Emile Bénassit. *Paris, Librairie centrale*, 1866, in-12, dos et coins de mar. vert, tête dor., non rogné.

Edition originale.
La planche de *Minuit* est avec le petit amour.

441. DELVAU (Alfred). Dictionnaire de la langue verte. Nouvelle édition conforme à la dernière, revue par l'auteur, augmentée d'un supplément par Gustave Fustier. *Paris, C. Marpon et E. Flammarion*, 1883, in-12, dos et coins mar. vert, tête dor., ébarbé, couvert. (*Fock*).

442. DELVAU (Alfred). Les Sonneurs de sonnets, 1540-1866. Eau-forte par Frédéric Massé. *Paris, Bachelin-Deflorenne et Cie*, 1885, pet. in-8, broché.

Exemplaire imprimé sur papier de Hollande.

443. DELVAU (Alfred). Les dessous de Paris, avec une eau-forte de Léopold Flameng. *Paris, Poulet-Malassis*, 1860. — Le Fumier d'Ennius, avec une eau-forte de Léopold Flameng. *Paris, A. Faure*, 1865. — Le grand et le petit trottoir. *Ibid., id.*, 1866, front. de Rops. — A la porte du paradis. *Ibid., id.*, 1867. — Ens. 4 vol. in-12, dont 2 cartonn. dos et coins toile bleue et 2 brochés.

Éditions originales.

444. DÉROULÈDE (Paul). Chants du soldat. *Paris, Calmann Lévy*, 1876, in-16, mar. bleu, blanc et rouge, dent., tête dor., non rogné.

Reliure tricolore portant le titre sur l'un des plats et *Honneur et Patrie* sur l'autre.

445. DESAUGIERS. Chansons et poésies diverses. *Paris*, 1834, 4 vol. in-32, port., vignettes de Lecurieux, dos et coins de mar. vert, tr. dor.

446. DOVALLE (Ch.). Le Sylphe, poésies de feu Ch. Dovalle, précédées d'une notice par M. Louvet et d'une préface par Victor Hugo. *A Paris, Ladvocat*, 1830, in-8.

Edition originale.
Exemplaire lavé et encollé préparé pour la reliure. Couverture imprimée.

447. DUMAS FILS (Alexandre). Le filleul de Pompignac, comédie en quatre actes par Alphonse de Jalin. *Paris, Michel Lévy frères*, 1869, in-12, broché.

Edition originale.
Papier de Hollande.

448. DUMAS FILS (Alexandre). Pièces de théâtre dont 3 en éditions originales. 5 vol. in-12, dont 1 demi-rel. mar. vert, 1 cartonn. demi-vélin vert, les autres brochés.

La Dame aux Camélias, 1855 (cette pièce n'est pas en édition originale). — La Question d'argent, 1857. — Le Fils naturel, 1858. — Un Père prodigue, 1859. — Une Visite de Noces, 1872.

449. DUMAS FILS (Alexandre). Pièces de théâtre en éditions originales. 8 vol. in-8, dont 7 brochés et 1 cartonn. demi-toile grise.

L'Ami des femmes, 1864. — Les Idées de Mme Aubray, 1867. — La Princesse Georges, 1872. — Monsieur Alphonse, 1874. — L'Etrangère, 1877. — La Princesse de Bagdad, 1881. — Denise, 1885. — Francillon, 1887.

450. ENNERY (Adolphe d'). Markariantz. *Paris, Ollendorff*, 1896, in-12, broché.

Edition originale.
Exemplaire imprimé sur papier de Hollande.

451. FARCY (J.-G.). Reliquiae. *Paris, Hachette*, 1831, in-18, portrait lithographié par A. Colin, broché.

Edition originale.

452. FEUILLET (Octave). Théâtre complet. *Paris, Calmann Lévy*, 1892-1893, 5 vol. in-12, brochés.

Première édition collective.
Un des 30 exemplaires (n° 7) imprimés sur papier de Hollande.

453. FLAUBERT (Gustave). Madame Bovary. Mœurs de province. *Paris, Michel Lévy frères*, 1857, 2 vol. in-12, brochés.

Edition originale.

454. FLAUBERT (Gustave). Madame Bovary. Mœurs de province. *Paris, Michel Lévy*, 1857, 2 vol in-12, brochés.

Edition originale.

455. FLAUBERT (Gustave). Madame Bovary, édition définitive. *Paris, Charpentier*, 1880, in-12, broché.

Papier de Hollande.

456. FLAUBERT (Gustave). Salammbô. *Paris, Michel Lévy frères,* 1863, in-8, broché.

Édition originale.

457. FLAUBERT (Gustave. Salammbô. Edition définitive avec des documents nouveaux. *Paris, Charpentier,* 1880, in-12, broché.

Papier de Hollande.

458. FLAUBERT (Gustave). La Tentation de Saint-Antoine. *Paris, Charpentier et Cie*, 1874, in-8, broché.

Edition originale.

459. FLAUBERT (Gustave). Bouvard et Pecuchet, œuvre posthume. *Paris, Lemerre,* 1881, in-12, broché.

Édition originale.

460. FRANCE (Anatole). Thaïs. *Paris, Calmonn Lévy,* 1891, in-12, broché.

Édition originale.

461. FRANCE (Anatole). Le Lys rouge. *Paris, Calmann Lévy,* 1894, in-12, broché.

Edition originale.

462. FRANCE (Anatole). Vie de Jeanne d'Arc. *Paris, Calmann Lévy, s. d.,* 2 vol. in-8, brochés.

Edition originale.

463. FROMENTIN (Eugène). Les Maitres d'autrefois. Belgique. — Hollande. *Paris, Plon et Cie*, 1876, in-8, demi-rel. chagrin La Vall., non rogné.

Édition originale.

464. GAUTIER (Théophile). Albertus ou l'âme et le péché. Légende théologique par Théophile Gautier. *Paris, Paulin,* 1833, in-12, dos et coins mar. vert, non rogné, couverture (*Allô*).

Édition originale.
Frontispice gravé à l'eau-forte par *Célestin Nanteuil* et tiré sur Chine.
Bel exemplaire.

465. GAUTIER (Théophile). La Comédie de la mort. *Paris, Desessart,* 1838, in-8, cartonn. dos et coins mar. noir, non rogné (*Lemardeley*).

Edition originale.
Vignette par *L. Boulanger*, gravée sur bois pas *Lacoste*.

466. GAUTIER (Théophile). Les Grotesques. *Paris, Desessart*, 1844, 2 vol. in-8, dos et coins mar. orange, tête dor., non rognés, couvert. (*Canape-Belz*).

Édition originale.
Bel exemplaire de la bibliothèque de J. Noilly.

467. GAUTIER (Théophile). Le Roman de la Momie. *Paris, Hachette et Cie*, 1858, in-12, broché.

Edition originale.

468. GAUTIER (Théophile). Honoré de Balzac. Edition revue et augmentée, avec un portrait gravé à l'eau-forte par E. Hédouin. *Paris, Poulet-Malassis et de Broise*, 1859, in-12, broché.

Première édition française ornée d'un portrait tiré sur Chine volant et de 2 fac-simile d'autographes.

469. GAUTIER (Théophile). Les Jeunes-France, romans goguenards, suivis de contes humoristiques. *Paris, Charpentier*, 1873, in-12, broché.

Papier de Hollande.

470. GAUTIER (Théophile). Poésies de Th. Gautier qui ne figureront pas dans ses œuvres, précédées d'une autobiographie; ornée d'un portrait singulier. *France, Imprimerie particulière*, 1873, in-8, broché.

Edition originale, publiée par Poulet-Malassis.
Exemplaire imprimé sur papier de Hollande.

471. GAUTIER (Théophile). Portraits contemporains, littérateurs, peintres, sculpteurs, artistes dramatiques. Avec un portrait de Théophile Gautier d'après une gravure à l'eau-forte par lui-même vers 1833. *Paris, Charpentier et Cie*, 1874, in-12, dos et coins mar. vert, tête dor., non rogné, couvert. (*Fock*).

Edition originale.
Un des 100 exemplaires (n° 92) imprimé sur papier de Hollande; contenant le portrait en deux états.

472. GAUTIER (Théophile). Poésies complètes. *Paris, Charpentier et Cie*, 1875-1876, 2 vol. in-12, cartonn. demi-mar. bleu, non rognés.

Un des 100 exemplaires (n° 87) imprimés sur papier de Hollande.

473. GAUTIER (Théophile). Mademoiselle de Maupin. *Paris, Charpentier*, 1878, in-12, cartonn., demi-rel., mar. vert, non rogné.

Papier de Hollande.

474. GAUTIER (Théophile). Emaux et Camées. *Paris, Didier*, 1852

(Ed. orig.). — Constantinople. *Paris, Lévy frères*, 1853 (Ed. orig.). — Les Beaux-arts en Europe, 1855. *Ibid., id.*, 1856, 2 vol. (Ed. orig.). — Voyage en Russie. *Paris, Charpentier*, 1867, 2 vol. (Ed. orig.). — Histoire du romantisme, 1830-1868. *Ibid., id.*, 1874 (Ed. orig.). — Théâtre, mystère, comédies et ballets. *Ibid., id.*, 1872 (1re éd. collective). — Celle-ci et cella-là. *Paris, Didier*, 1853 (1re éd. séparée). — Italia. *Paris, Hachette et Cie*, 1855. — Les Grotesques. *Paris, Lévy frères*, 1856. — Le Capitaine Fracasse. *Paris, Charpentier*, 1864, 2 vol. — Les Jeunes-France. *Ibid., id.*, 1873. — Emaux et camées. *Ibid., id.*, 1877. — Feydeau (Ernest). Théophile Gautier. Souvenirs intimes. *Paris, Plon et Cie*, 1874. — Bergerat (Emile). Théophile Gautier. Entretiens, souvenirs et correspondance. *Paris, Charpentier*, 1879. — Ens. 17 vol. in-12 et in-16, dont 1 cartonné, les autres brochés.

475. GLATIGNY (Albert). Poésies. Les Vignes folles. Les Flèches d'or. Le Bois. *Paris, Lemerre*, 1870 (Première édition collective). — Gilles et Pasquins. *Ibid., id.*, 1872 (Edit. orig.). — Ens. 2 vol. in-12, brochés.

On y a joint : Job-Lazare, Albert Glatigny. Sa vie, son œuvre. *Paris, Bérus*, 1878, in-12, portrait, broché.

476. GONCOURT (Edm. et J. de). Une voiture de masques. *Paris, E. Dentu*, 1856, in-12, broché.

Edition originale.
Couverture doublée.

477. GONCOURT (Edm. et J. de). L'Amour au dix-huitième siècle. *Paris, Dentu*, in-16, front., texte encadré, dos et coins mar. La Vall. clair, tête dor., non rogné (*Fock*).

Première édition séparée d'un chapitre de la « *Femme au dix-huitième siècle* ».

478. GONCOURT (Edm. et J. de). Romans. *Paris, Charpentier et Cie*, 1876-1877, 5 vol. in-12, dont 3 dos et coins mar. La Vall., tête dor., non rognés et 2 brochés.

Renée Mauperin. — Manette Salomon. — Germinie Lacerteux. — Charles Demailly. — Sœur Philomène.
Exemplaires imprimés sur papier de Hollande.

479. GONCOURT (Edm. et J. de). Histoire de Marie-Antoinette. Nouvelle édition revue et augmentée de lettres inédites et de documents nouveaux tirés des Archives nationales. *Paris, Charpentier*, 1878, in-12, broché.

Un des 75 exemplaires (n° 3) imprimés sur papier de Hollande.

480. GONCOURT (Edm. et J. de). La Du Barry. Nouvelle édition

revue et augmentée de lettres et documents inédits. *Paris, G. Charpentier*, 1878, in-12, broché.

Première édition séparée.
Un des 50 exemplaires (n° 31) imprimés sur PAPIER DE HOLLANDE.

481. GONCOURT (Edm. et J. de). Histoire de la société française pendant la Révolution et le Directoire. Nouvelle édition. *Paris, G. Charpentier*, 1880, 2 vol. in-12, cartonn. dos et coins toile brune, non rognés.

Un des 50 exemplaires imprimés sur PAPIER DE HOLLANDE.

482. GONCOURT (Edm. et J. de). Journal des Goncourt. Mémoires de la vie littéraire, 1851-1884. *Paris, Charpentier & Cie*, 1887-1892, 6 vol. in-12, brochés.

EDITION ORIGINALE, sauf pour le tome III.
Première et seconde séries complètes.

483. GONCOURT (Edm. de). La Faustin. *Paris, G. Charpentier*, 1882, in-12, broché.

EDITION ORIGINALE.
PAPIER DE HOLLANDE.

484. GONCOURT (Edm. de). La Faustin. *Paris, G. Charpentier*, 1882, in-12, broché.

EDITION ORIGINALE.

485. GONCOURT (Edm. de). Chérie. *Paris, G. Charpentier*, 1884, in-12, broché.

EDITION ORIGINALE.
PAPIER DE HOLLANDE.

486. HALÉVY (Ludovic). La Famille Cardinal. *Paris, Calmann-Lévy*, 1883. — Deux mariages. *Ibid., id.*, 1883. — Ens. 2 vol. in-16, brochés.

487. HALÉVY (Ludovic). Criquette. *Paris, Calmann Lévy*, 1883 (ÉD. ORIG.). — Princesse. *Ibid., id.*, 1887 (Éd. en partie orig.). — Notes et souvenirs, 1871-1872. *Ibid., id.*, 1889. — Karikari. *Ibid., id.*, 1892 (ÉD. ORIG). —Ens. 4 vol. in-12, brochés.

488. HARAUCOURT (Edmond). Seul. *Paris, Charpentier*, 1891, in-12, portrait, broché.

EDITION ORIGINALE.

489. HÉRÉDIA (José-Maria de). Les Trophées. *A Paris, chez A. Lemerre*, 1893, gr. in-8, broché.

EDITION ORIGINALE.
Un des 100 exemplaires (n° 76) imprimés sur PAPIER DE HOLLANDE.

490. HEREDIA (José-Maria de). Les Trophées. *Paris, Lemerre,* 1893, in-12, broché.

ÉDITION ORIGINALE.
Un des 50 exemplaires imprimés sur HOLLANDE.

491. HERVIEU (Paul). L'Armature. *Paris, A. Lemerre,* 1895, in-12, broché.

ÉDITION ORIGINALE.

492. HORACE. Œuvres. Traduction nouvelle, par M. Jules Janin, quatrième édition. *Paris, Hachette et Cie,* 1871, pet. in-8, dos et coins mar. rouge, tête dor., non rogné (*Fock*).

Un des quelques exemplaires imprimés sur PAPIER VÉLIN ÉCU.

493. HUGO (Victor). Cromwell, drame par Victor Hugo. *Paris, Ambroise Dupont et Cie,* 1828, in-8, dos et coins mar. rouge, fil., dos orné, ébarbé (*Allô*).

ÉDITION ORIGINALE.
On y a ajouté un portrait de Victor Hugo gravé à l'eau-forte, par *Louis Monziès* d'après *Dévéria*, tiré sur papier de Chine.

494. HUGO (Victor). Odes et ballades. Quatrième édition augmentée de l'Ode à la Colonne et de dix pièces nouvelles. *Paris, Charles Gosselin,* 1829. 2 vol. in-8, débrochés.

ÉDITION EN PARTIE ORIGINALE et première édition in-8.
2 frontispices et 2 vignettes dessinés par *Louis Boulanger*.
Exemplaire lavé, encollé et préparé pour la reliure.
Petit trou raccommodé dans le faux-titre du tome I.
Couvertures défraîchies (sans les dos).

495. HUGO (Victor). Hernani ou l'honneur castillan, drame, représenté sur le Théâtre-Français le 25 février 1830. *Paris, Mame et Delaunay-Vallée,* 1830. In-8, broché (*Couvert.*).

ÉDITION ORIGINALE.
Bel exemplaire contenant le catalogue de Mame et Delaunay-Vallée (12 pages).

496. HUGO (Victor). Les Chants du crépuscule. *Paris, Eugène Renduel,* 1835, in-8, débroché.

ÉDITION ORIGINALE.
Exemplaire lavé, encollé et préparé pour la reliure.
La couverture est défraîchie et a des coins arrachés.

497. HUGO (Victor). Œuvres complètes. Poésie V. Les Chants du crépuscule. *Paris, Eugène Renduel,* 1835, in-8, broché (*Couvert.*).

ÉDITION ORIGINALE.

498. HUGO (Victor). Angelo, tyran de Padoue. *Paris, Eugène Renduel*, 1835, in-8, débroché.

Édition originale.
Exemplaire lavé, encollé et préparé pour la reliure.
Sans la couverture.

499. HUGO (Victor). Les Voix intérieures. *Paris, Eugène Renduel*, 1837, in-8, débroché.

Édition originale.
Exemplaire lavé, encollé et préparé pour la reliure.
Couverture défraîchie.

500. HUGO (Victor). Œuvres complètes de Victor Hugo. Drame. Tome septième. Ruy-Blas. *Paris, H. Delloye*, 1838, in-8, broché (*Couvert.*).

Édition originale.

501. HUGO (Victor). Ruy-Blas. *Paris. H. Delloye*, 1838, in-8, débroché.

Édition originale.
Exemplaire lavé, encollé et préparé pour la reliure.
Sans la couverture.

502. HUGO (Victor). Les Rayons et les ombres. *Paris, Delloye*, 1840, in-8, broché, couvert.

Édition originale.
Exemplaire très frais.
La couverture est datée de 1841. M. Vicaire signale bien des couvertures à la date de 1841, mais celles-là portent alors l'adresse : *Paris, au siège de la Société pour l'exploitation des Œuvres de Victor Hugo*, etc., tandis que la nôtre porte l'adresse de Delloye.

503. HUGO (Victor). Les Burgraves, trilogie. *Paris, E. Michaud*, 1843, in-8, débroché.

Édition originale.
Exemplaire lavé, encollé et préparé pour la reliure.
Couverture défraîchie.

504. HUGO (Victor). Châtiments. *Genève et New-York*, 1853, in-32, mar. rouge jans., dent. int., tête dor., ébarbé.

Première édition complète.

505. HUGO (Victor). Les Contemplations. *Paris, Michel Lévy, Pagnerre*, 1856, 2 vol. in-8, brochés.

Édition originale.

506. HUGO (Victor). Les Contemplations. *Paris, Michel Lévy frères*, 1857, 2 vol. — William Shakespeare. *Paris, Lacroix, Verboeckhoven et Cie*, 1864. — L'Art d'être grand-père. *Paris, Calmann-Lévy*,

1877. — Choses vues. *Paris, Hetzel et Cie*, 1887. — Ens. 5 vol. in-8, brochés.

ÉDITIONS ORIGINALES, sauf les « *Contemplations* ».

507. HUGO (Mme Victor). Victor Hugo raconté par un témoin de sa vie. 1802-1841. *Paris, Lacroix, Verboekhoven et Cie*, 1863, 2 vol. — SAINT-VICTOR (Paul de). Victor Hugo. *Paris, Calmann-Lévy*, 1885. — Ens. 3 vol. in-8, brochés.

ÉDITIONS ORIGINALES.

508. HUYSMANS (J.-K.). Un Dilemme. *Paris, Tresse et Stock*, 1887, in-18, broché.

ÉDITION ORIGINALE.
Un des 10 exemplaires (n° 10) imprimés sur PAPIER DU JAPON.

509. HUYSMANS (J.-K.). Certains. *Paris, Tresse et Stock*, 1889, in-12, broché.

ÉDITION ORIGINALE.

510. HUYSMANS (J.-K.). Là-Bas. *Paris, Tresse et Stock*, 1891, in-12, broché.

ÉDITION ORIGINALE.

511. HUYSMANS (J.-K.). En Route. *Paris, Tresse et Stock*, 1895, in-12, broché.

ÉDITION ORIGINALE.

512. HUYSMANS (J.-K.). La Cathédrale. *Paris, P.-V. Stock*, 1898, in-12, broché.

ÉDITION ORIGINALE.

513. JACQUEMONT. Correspondance de V. Jacquemont avec sa famille et plusieurs de ses amis pendant son voyage dans l'Inde (1828-1832). Nouvelle édition, augmentée de lettres inédites et accompagnée d'une carte. *Paris, Fournier*, 1841, 2 vol. in-12, dos et coins de mar. brun, tête dor., non rognés (*Couvert.*).

514. JANIN (Jules). Deburau, histoire du théâtre à quatre sous. *Paris, Gosselin*, 1833, 2 vol. in-12, dos et coins de mar. citron, tête dor., non rognés, couvert. (*Magnin*).

Troisième édition.

515. JASMIN. Las Papillotos de Jasmin coiffur, de las academios d'Agen et de Bourdeau, etc. 1825-1843. *Agen, imprimerio de Prosper Noubel*, 1842-1843, 2 vol. in-8, brochés.

Troisième édition.

516. KARR (Alphonse). Fa dièze. *Paris, à la Librairie d'Abel Ledoux*, 1834, in-8, broché (*Couvert.*).

Édition originale.

517. KARR (Alphonse). L'Esprit d'Alphonse Karr. Pensées extraites de ses œuvres. *Paris, Calmann Lévy*, 1891, in-8 broché.

Édition spéciale tirée à 125 exemplaires sur papier de Hollande.

518. LA BOETIE (Estienne de). De la servitude volontaire, ou le contr'un par Estienne de La Boëtie (1548), avec les notes de M. Coste, et une préface de F. de La Mennais (1835). *Paris, Paul Daubrée et Cailleux*, 1835, in-8, broché.

519. LAMARTINE. Méditations poétiques. *A Paris, au dépôt de la librairie grecque-latine-allemande*, 1820, in-8, broché (*Couvert.*).

Édition originale.
Exemplaire avant le carton de la page 11.
Déchirures à 2 feuillets ; taches de rousseur.

520. LAMARTINE. Méditations poétiques. Seconde édition revue et augmentée. *A Paris, au dépôt de la librairie grecque-latine-allemande*, 1820, in-8, débroché.

Édition en partie originale ; elle renferme 26 méditations dont deux nouvelles « *La Retraite* » et « *Le Génie* ».
Exemplaire lavé et encollé préparé pour la reliure.
Couverture.

521. LAMARTINE. Nouvelles méditations poétiques. *Paris, Urbain Canel, Audin*, 1823, in-8, débroché.

Édition originale.
Exemplaire lavé et encollé, préparé pour la reliure.
Couverture.

522. LAMARTINE. La Mort de Socrate. *A Paris, chez Ladvocat*, 1823. — Le dernier chant du pélerinage de Childe-Harold. *Paris, Dondey-Dupré, Ponthieu*, 1825. Ens. 2 vol. in-8, débrochés.

Éditions originales.
Exemplaires lavés et encollés, préparés pour la reliure. Couvertures.
On y a joint un exemplaire de la seconde édition du « *Dernier chant du pélerinage de Childe-Harold* », in-8, broché.

523. LAMARTINE. Harmonies poétiques et religieuses. *Paris, Ch. Gosselin*, 1830, 2 vol. in-8, débrochés.

Édition originale.
Exemplaire lavé et encollé préparé pour la reliure. Couvertures.

524. LAMARTINE. Œuvres. *Paris, Ch. Gosselin, Furne*, 1832, 4 vol. in-8, brochés.

Cette édition renferme : Premières méditations poétiques. — La Mort de Socrate. — Épîtres et poésies diverses. — Nouvelles méditations poétiques. — Le dernier chant du pélérinage d'Harold. — Harmonies poétiques et religieuses. — Le chant du sacre. — Epîtres et poésies diverses. — Discours à l'Académie française, etc.

Cet exemplaire ne contient pas les 4 planches citées par M. Vicaire.

525. LAMARTINE. Jocelyn. Épisode. Journal trouvé chez un curé du village. *Paris, Ch. Gosselin et Furne*, 1836, 2 vol. in-8, débrochés.

Édition originale.
Exemplaire lavé et encollé préparé pour la reliure. Couvertures.

526. LECONTE DE LISLE. Hésiode, hymnes orphiques. Théocrite, Bion, Moskhos, Tyrtée. Odes anacréontiques. Traduction nouvelle par Leconte de Lisle. *Paris, Alphonse Lemerre*, 1869, in-8, broché.

Édition originale de la traduction de Leconte de Lisle.
Un des 100 exemplaires (n° 37) imprimés sur papier de Hollande.

527. LECONTE DE LISLE. Hésiode, Théocrite, Bion, Moskhos, Tyrtée. *Paris, Alphonse Lemerre*, 1869, in-8, broché.

Même édition.

528. LECONTE DE LISLE. Poèmes barbares. Edition définitive revue et considérablement augmentée. *Paris, Alphonse Lemerre*, 1872, in 8, broché.

Un des 100 exemplaires (n° 45) imprimés sur papier de Chine.

529. LECONTE DE LISLE. Poèmes barbares. Edition définitive revue et considérablement augmentée. *Paris, A. Lemerre*, 1872, in-8, cartonn. toile rouge, non rogné (*Couvert.*).

Un des 10 exemplaires (n° 9) imprimés sur papier de Hollande.

530. LECONTE DE LISLE. Poèmes antiques. Edition nouvelle revue et considérablement augmentée. *Paris, Alphonse Lemerre*, 1874, in-8, broché.

Un des 100 exemplaires (n° 23) imprimés sur papier de Hollande.

531. LECONTE DE LISLE. Sophocle. Traduction nouvelle. *Paris, Alphonse Lemerre*, 1877, in-8, broché.

Édition originale de la traduction de Lecon . de Lisle.

532. LECONTE DE LISLE. Sophocle. Traduction nouvelle. *Paris, Alphonse Lemerre*, 1877, in-8, broché.

Édition originale de la traduction de Leconte de Lisle.
Un des 40 exemplaires (n° 10) imprimés sur papier de Hollande.

533. LECONTE DE LISLE. Poèmes tragiques. *Paris, A. Lemerre*, 1884, in-8, broché.

Édition originale.
Un des 30 exemplaires (n° 25) imprimés sur papier de Hollande.

534. LECONTE DE LISLE. Poèmes tragiques. *Paris, Alphonse Lemerre*, 1884, in-8, broché.

Édition originale.

535. LEMAITRE (E.). Le Livre d'amour. Sainte-Beuve et Victor Hugo. Lettre-préface d'Arsène Houssaye. *Reims, F. Michaud*, 1895, in-8, broché.

Un des 100 exemplaires (n° 64) imprimés sur papier de Hollande.

536. LEMOYNE (André). Les Roses d'antan. *Paris, Firmin Didot*, 1864. — Les Charmeuses. Les roses d'antan. Paysages de mer. *Paris, Charpentier*, 1877 (un des 30 exemplaires imprimés sur papier de Hollande). — Ens. 2 vol. in-12, dont un broché et un cartonn. demi-mar. bleu, non rogné.

On y a joint : Lemoine (Alfred). Poésies. *Paris, Lévy frères*, 1852, in-12, broché.

537. LEROY (Charles). Le Colonel Ramollot. Recueil de récits militaires suivi de fantaisies civiles. Avec une préface de Etienne Carjat. — Nouveaux exploits du colonel Ramollot. *Paris, C. Marpon* et *E. Flammarion*, 1883-1884, 2 vol. in-12, brochés (*Couvert. illust.*).

Édition originale.
Papier de Hollande.

538. LE SORBIER (Hilaire). Mes loisirs, opuscules en vers par M. Hilaire L.-S. (Le Sorbier). *A Paris, chez Pelicier*, 1823, in-8, broché (*Couvert.*).

Édition originale,
Ouvrage orné de 5 lithographies hors texte d'*Ed. Watier*.

539. LOTI (Pierre). Pêcheur d'Islande, roman. *Paris, Calmann Lévy*, 1886, in-12, broché.

Édition originale.

540. LOTI (Pierre). Propos d'exil. *Paris, Calmann Lévy*, 1887, in-12, broché.

Édition originale.

541. LOTI (Pierre). Japoneries d'automne. *Paris, Calmann Lévy*, 1889, in-12, broché.

Édition originale.

542. LOTI (Pierre). Au Maroc. *Paris, Calmann Lévy*, 1890, in-12, broché.

Première édition en librairie.

543. LOTI (Pierre). Le Roman d'un enfant. *Paris, Calmann Lévy*, 1890, in-12, broché.

ÉDITION ORIGINALE.

544. LOTI (Pierre). Fantôme d'Orient. *Paris, Calmann Lévy*, 1892, in-12, broché.

Première édition en librairie.

545. LOTI (Pierre). L'Exilée. *Paris, Calmann Lévy*, 1893, in-12, broché.

ÉDITION ORIGINALE.

546. LOTI (Pierre). La Galilée. *Paris, Calmann Lévy*, 1896, in-12, broché.

ÉDITION ORIGINALE.

547. LOTI (Pierre): Les Désenchantées, roman des harems turcs contemporains. *Paris, Calmann Lévy, s. d.*, in-12, broché.

ÉDITION ORIGINALE.

548. MASSA (Philippe de) et JOLLIVET (Gaston). Entre nous, revue intime en trois actes. *Paris, P. Dupont*, 1878. — Paris-Auteuil, revue intime et de circonstance. *Paris, Jouaust*, 1883. — A la bonne franquette, revue intime. *Ibid., id.*, 1885. — Ens. 3 vol. in-12, cartonn. imitation de cuir japonais, non rognés.

ÉDITIONS ORIGINALES.
Les deux dernières pièces sont imprimées sur PAPIER DE HOLLANDE.

549. MAUPASSANT (Guy de). Contes de la Bécasse. *Paris, Ed. Rouveyre et G. Blond*, 1883, in-12, broché.

ÉDITION ORIGINALE, rare.

550. MAUPASSANT (Guy de). Miss Harriet. *Paris, Victor Havard*, 1884, in-12, broché.

ÉDITION ORIGINALE.

551. MAUPASSANT (Guy de). Contes du jour et de la nuit. Illustrations de P. Cousturier. *Paris, Marpon et Flammarion, s. d.* (1885), in-12, broché (*Couvert. illust.*).

Un des 50 exemplaires (n° 33) imprimés sur PAPIER DE HOLLANDE.

552. MAUPASSANT (Guy de). Bel-Ami. *Paris, Victor-Havard*, 1885, in-12, broché.

ÉDITION ORIGINALE.
PAPIER DE HOLLANDE.

553. MAUPASSANT (Guy de). La petite Roque. *Paris, Victor-Havard*, 1886, in-12, broché.

Édition originale.

554. MAUPASSANT (Guy de). Mont-Oriol. *Paris, Victor-Havard*, 1887, in-12, broché.

Édition originale.
Papier de Hollande.

555. MAUPASSANT (Guy de). Mont-Oriol. *Paris, Victor-Havard*, 1887, in-12, broché.

Édition originale.

556. MAUPASSANT (Guy de). Pierre et Jean. *Paris, Ollendorff*, 1888, in-12, broché.

Édition originale.
Papier de Hollande.

557. MAUPASSANT (Guy de). Fort comme la mort. *Paris, Ollendorff*, 1889, in-12, broché.

Édition originale.

558. MAUPASSANT (Guy de). La Main gauche. *Paris, Ollendorff*, 1889, in-12, broché.

Édition originale.

559. MAUPASSANT (Guy de). Notre Cœur. *Paris, Ollendorff*, 1890, in-12, broché.

Édition originale.
Papier de Hollande.

560. MAUPASSANT (Guy de). L'inutile beauté. *Paris, Victor Havard*, 1890, in-12, broché.

Édition originale.

561. MAUPASSANT (Guy de). La Vie errante. *Paris, Ollendorff*, 1890, in-12, broché (*Couvert. illust.*).

Édition originale.
Un des 100 exemplaires (n° 63) imprimés sur papier de Hollande.

562. MÉRIMÉE (Prosper). La Jacquerie, scènes féodales, suivies de la famille de Carvajal, drame, par l'auteur du Théâtre de Clara Gazul. *Paris, Brissot-Thivars*, 1828, in-8, débroché.

Édition originale.
Exemplaire préparé pour la reliure. Couverture.

563. MÉRIMÉE (Prosper). Colomba. *Paris, Magen et Comon*, 1841, in-8, débroché.

Édition originale.
Exemplaire préparé pour la reliure. Couverture.

564. MÉRIMÉE (Prosper). La Chambre bleue, nouvelle dédiée à Madame de La Rhune. *Bruxelles, Libr. de la place de la Monnaie*, 1872, in-8, broché.

Edition tirée à 129 exemplaires, imprimée par les soins de Poulet-Malassis.

On y a ajouté une eau-forte par *Staal*.

565. MÉRIMÉE (Prosper). Lettres à une inconnue, précédées d'une étude sur Mérimée par H. Taine. Troisième édition. *Paris, Michel Lévy frères*, 1874, 2 vol. in-8, demi-rel. mar. grenat, tête dor., non rognés.

566. MICHELET (J.). Du Prêtre, de la femme, de la famille. *Paris, Hachette, Paulin*, 1845, in-8, broché.

Edition originale.

567. MISTRAL (Frédéric). Mirèio pouemo prouvençau. *Avignoun, Roumanille*, 1859, in-8, broché.

Edition originale.

568. MISTRAL (Frédéric). Calendau. pouèmo nouvèu. Traduction française en regard. *Avignon, J. Roumanille*, 1867, in-8, demi-rel. mar. vert, tête dor., ébarbé.

Edition originale.

569. MISTRAL (Frédéric). Lis iselo d'or recuei de pouesio diverso em'uno prefaci biougrafico de l'autour escricho per éu-meme. Traduction française en regard. *Avignon, J. Roumanille*. 1876, in-8, demi-rel. mar. vert, tête dor., ébarbé.

Edition originale.

570. MISTRAL (Frédéric). Nerto, nouvelle provençale, avec la traduction française en regard. *Paris, Hachette et Cie*, 1884, pet. in-8, broché.

Edition originale.
Un des 100 exemplaires (n° 40) imprimés sur papier du Japon.

571. MONNIER (Henry). Les Bourgeois de Paris. Scènes comiques. *Paris, Charpentier*, 1854. — Mémoires de Monsieur Joseph Prudhomme. *Paris, Libr. nouvelle*, 1857, 2 vol. — Paris et la province. *Paris, Garnier frères*, 1866. — Ens. 4 vol. in-12, brochés.

Editions originales.

Les couvertures des deux premiers ouvrages portent les dates de 1855 et 1858.

572. MONSELET (Charles). Les Tréteaux, avec un frontispice dessiné et gravé par Bracquemond. *Paris, Poulet-Malassis et de Broise*, 1859, in-12, broché.

Edition originale.

573. MONSELET (Charles). Poésies complètes. Avec un frontispice-portrait par Louis Chevalier, gravé à l'eau-forte par Lalauze. *Paris, Dentu*, 1880 (Première édition collective). — Petits mémoires littéraires. *Paris, Charpentier et Cie*, 1885 (Edit. orig.). — Ens. 2 vol. in-12, dos et coins mar. vert, tête dor., non rognés, couvert. (*Fock*).

Exemplaires imprimés sur papier de Hollande.

574. MONSELET (Charles). Le Plaisir et l'amour. *Paris, Sartorius*, 1865 (Ed. orig.). — De Montmartre à Séville. *Paris, A. Faure*, 1865 (Ed. orig.). — Gastronomie. Récits de table. *Paris, Charpentier et Cie*, 1874 (Ed. orig.). — Scènes de la vie cruelle. *Paris, Lévy frères*, 1876 (Ed. orig.). — Portraits après décès. *Paris, A. Faure*, 1866 (Ed. en partie originale). — La Lorgnette littéraire. *Paris, Poulet-Malassis et de Broise*, 1859. — Les oubliés et les dédaignés. *Ibid., id.*, 1861. — Le Musée secret de Paris. *Paris, Lévy, s. d.* — La Cuisinière poétique. *Ibid., id., s. d.* — Ens. 9 vol. in-12 et in-16, dont 1 dos et coins mar. rouge, tête dor., non rogné, 2 cartonn. demi-toile rouge, les autres brochés.

575. MUSSET (Alfred de). Premières poésies, 1829 à 1835. — Poésies nouvelles, 1836 à 1852. — Nouvelles. — Contes. — Comédies et proverbes, 3 vol. — Mélanges de littérature et de critique. — Biographie d'Alfred de Musset. Sa vie et ses œuvres, par Paul de Musset. *Paris, Charpentier*, 1877-1879, 9 vol. in-12, brochés.

Exemplaires imprimés sur papier de Hollande.

576. MUSSET (Alfred de). Il ne faut jurer de rien, comédie. *Charpentier*, 1848. — Un Caprice, comédie. *Id.*, 1849. — Louison, comédie. *Id.*, 1849. — André del Sarto, drame. *Id.*, 1851. — Bettine, comédie. *Id.*, 1851. — Carmosine, comédie. *Id.*, 1865. — Fantasio, comédie. *Id.*, 1866. Ens. 7 plaquettes in-12, brochées.

Premières éditions séparées ou éditions originales.

577. MUSSET (Alfred). Poésies complètes. *Paris, Charpentier*, 1840 (Première édition collective). — Comédies et proverbes. *Ibid., id.*, 1848. — Nouvelles. *Ibid., id.*, 1848. — La Confession d'un enfant du siècle. *Ibid., id.*, 1849. — Poésies nouvelles, 1840-1849. *Ibid., id.*, 1851. — Poésies nouvelles, 1836 à 1852. *Ibid., id.*, 1852. — Premières poésies, 1829 à 1835. *Ibid., id.*, 1852. — Contes. *Ibid., id.*, 1854. — Mélanges de littérature et de critique. *Ibid., id.*, 1867. Ens. 9 vol. in-12, brochés.

578. NERVAL (Gérard de). Scènes de la vie orientale. Les femmes du Caire. Les femmes du Liban. *Paris, Ferdinand Sartorius*, 1848-1850, 2 vol. in-8, brochés.

Edition originale. Sur le faux-titre du premier volume : *A mon ca-*

marade A. Maquet (Gérard). La couverture et le titre du tome second portent « Les femmes du Caire ». La couverture avec la date 1850 et le titre, avec la tomaison 2.

579. NERVAL (Gérard de). Les Illuminés, ou les précurseurs du socialisme. *Paris, Lecou*, 1852 (Edit. orig.). — Lorely, souvenirs d'Allemagne. *Paris, Giraud*, 1852 (Edit. en partie orig.). — Le Rêve et la vie. *Paris, Lecou*, 1855 (Edit. en partie orig.). — La Bohême galante. *Paris, Levy frères*, 1856 (Edit. orig.). — Ens. 4 vol. in-12, brochés.

580. NODIER (Charles). Dictionnaire raisonné des onomatopées françoises. Seconde édition revue, corrigée et considérablement augmentée. *Paris, Delangle*, 1828, in-8, demi-rel. chag. noir, tête dor., non rogné, couvert. (*Couvert.*).

581. NODIER (Charles). Examen critique des dictionnaires de la langue françoise, ou recherches grammaticales et littéraires sur l'orthographe, l'acception, la définition et l'étymologie des mots. Deuxième édition. *Paris, Delangle*, 1829, in-8, demi-rel. chagrin vert, tête dor., non rogné (*Couvert.*).

Bel exemplaire.

582. PAILLERON (Edouard). Pièces de théâtre en éditions originales, 8 vol. in 8 et in-12, dont 1 cartonn. demi-mar. bleu, les autres brochés.

Le Mur mitoyen, 1862. — Les faux ménages, 1869. — Hélène, 1873. — L'Age ingrat, 1879. — L'Etincelle, 1879. — Pendant le bal, 1881. — Le monde où l'on s'ennuie, 1881. — La Souris, 1888.

On y a joint : du même auteur. Le Théâtre chez Madame. *Paris, Calmann Lévy*, 1881, in-16, broché.

583. PÉLADAN (Joséphin). La Décadence latine. Ethopée. II Curieuse. III. L'Initiation sentimentale. *Paris, A. Laurent, Edinger*, 1886-1887, 2 vol. in-12, front. de Rops, brochés.

Editions originales.
Un des 30 exemplaires imprimés sur papier de Hollande.

584. PIÈCES DE THÉATRE EN ÉDITIONS ORIGINALES. 9 vol. in-8, brochés.

About (Ed.). Gaetana, 1862. — Barrière (Th.). Malheur aux vaincus, 1866. — Bouilhet (Louis). La Conjuration d'Amboise, 1867. — Feuillet (Octave). Le Sphinx, 1874. — Girardin (Emile de). Le Supplice d'une femme, 1875. — Hugo (Charles). Les Misérables (1863). — Leconte de Lisle. Les Erinnyes 1889 (seconde édition). — Renan (E.) L'Abesse de Jouarre, 1886. — Sand (George). Le Marquis de Villemer, 1864.

585. PIÈCES DE THÉATRE la plupart en éditions originales. 24 vol. in-12, dont 6 cartonnés, les autres brochés.

Becque (H.). La Parisienne, 1887. — Bisson (Alex.). Une mission délicate, 1886. — Cadol (Ed.). Les Inutiles, 1868. — Durantin (A.). Héloïse Paranquet, 1866. — Dreyfus (Abr.). Jouons la comédie, 1887. — Feuillet (Octave). Le Cheveu blanc, 1860, Dalila, 1857, Montjoye, 1864, La belle au bois dormant, 1865, 4 vol. — Goncourt (Edm. de). Germinie Lacerteux, 1888. — Gondinet (Edm.). Un parisien, 1886. — Labiche (E.) et Delacour. Célimare le bien-aimé, 1863. — Labiche (E.) et Gondinet (Edm.). Le plus heureux des trois, 1870. — Labiche (E.) et Deslandes (R.). Un mari qui lance sa femme, 1864. — Lacroix (Jules). Œdipe roi, 1859. — Manuel (Eug.). Les Ouvriers, 1870. — Marras (Jean). La Famille d'Armelles, 1891. — Meilhac (H.) et Halévy (L.). L'Été de la Saint Martin, 1873. La Cigale, 1877, 2 vol. — Newsky (Pierre). Les Danicheff, 1879. — Ohnet (G.). Le Maître de Forges, 1884. — Rostand (Edm.). Cyrano de Bergerac, 1898. — Uchard (Mario). La Fiammina, 1857. — Zola (Emile). L'Assommoir, 1880.

586. POÉSIES. 9 vol. in-12, dont 1 dos et coins mar. grenat, tête dor., non rogné, les autres brochés.

Barbier (Auguste). Iambes et poèmes-rimes héroïques. *Paris, Masgana*, 1840-1843, 2 vol. — Deschamps (Emile). Poésies. *Paris, Delloye*, 1841. — Chatillon (A. de). Chant et poésie. *Paris, Dentu*, 1855. (Éd. Orig.). — Lachambeaudie (P.). Fables et fables nouvelles. *Paris, Perrotin*, 1844-1846, 2 vol. — Laprade (Victor). Odes et poèmes ; Psyché. *Paris, Labitte*, 1841-1843 (Éd. Orig.). — Vigny (A. de). Poésies complètes. *Paris, Charpentier*, 1842.

587. POÉSIES EN LANGUE PROVENÇALE. 4 vol. in-8 et in-12, dont 2 cartonn. demi-toile verte et bleu, les autres brochés.

Aubanel (Th.). La Miougrano entreduberto. *Avignoun, Roumanille*, 1860. — Azaïs (Gabriel). Las Vespadros de Clairac. *Ibid., id.*, 1874. — Gras (Félix). Li Carbounié, epoupeio en XII cant. *Ibid., id.*, 1876. — Mathieu (A.). La Farandoulo. *Ibid., id.*, 1868.

On y joint : La Fare-Alais (Marquis de). Las Castagnados, poésies languedociennes. *Alais*, 1851, in-8, broché.

588. POÈTES FRANÇAIS CONTEMPORAINS par Mme *** (Caroline Olivier, née Ruchet) *Francfort s m., chez Sigismond Schmerber*, 1832, in-8, dos & coins, mar. vert, tête dor., non rogné (*Durand*).

Poésies de A. Barbier, Béranger, C. Delavigne, V[or] Hugo, Lamartine, A. de Musset, Sainte-Beuve, A. Soumet, A. de Vigny, etc., etc.

589. POMMIER (Amédée). Paris, poème humouristique. *Paris, Garnier frères*, 1866, pet. in-12, demi rel. chagrin La Vall., tête dor., non rogné.

Édition originale.

Exemplaire portant sur le faux-titre la dédicace autographe suivante :

« *A Raymond Brucker aimé à travers notre ami B. d'A.*

Am. Pommier.

On y a joint Colères (poésies), par Amédée Pommier. *Paris, Dolin*, 1844, in-8, broché.

590. PONSARD (François). Pièces de théâtre en éditions originales. 6 vol. in-8 et in-12, brochés.

Lucrèce, 1843. — Charlotte Corday, 1850. — Ulysse, 1852. — L'Honneur et l'argent, 1853. — La Bourse, 1856. — Le Lion amoureux, 1866.

591. RENAN (Ernest). Vie de Jésus. *Paris, Michel Lévy frères*, 1863, in-8, demi-rel. chagrin noir, tête dor., non rogné.

Edition originale.

592. RENAN (Ernest). Les Apôtres. *Paris, Michel Lévy frères*, 1866. — Saint-Paul. *Ibid.*, *id.*, 1869. — Souvenirs d'enfance et de jeunesse. *Ibid.*, *id.*, 1883. — Ens. 3 vol. in-8, demi-rel. mar. brun, tête dor., non rognés.

Editions originales.

593. RICHEPIN (Jean). La Chanson des gueux. *Paris, à la libr. illustrée, s. d.* (1876), in-12, broché.

Edition originale.

594. RICHEPIN (Jean). La Chanson des gueux. *Paris, M. Dreyfous*, 1885, in-4, broché.

Un des 100 exemplaires (n° 76) imprimés sur papier de Hollande, contenant les pièces supprimées, avec le portrait de Jean Richepin en deux états : sur Chine et sur Hollande.

On y a joint la suite des 10 eaux-fortes de *Maurice Ridouard*.

595. RICHEPIN (Jean). La Chanson des gueux. *Paris, M. Dreyfous*, 1885, in-4, broché.

596. RICHEPIN (Jean). Les Blasphèmes. Avec un portrait de l'auteur par E. de Liphart. *Paris, M. Dreyfous*, 1884, in-4, broché.

Edition originale.
Un des 100 exemplaires (n° 149) imprimés sur papier de Hollande.

597. RICHEPIN (Jean). Les Blasphèmes. Avec un portrait de l'auteur par E. de Liphart. *Paris, M. Dreyfous*, 1884, in-4, broché.

Edition originale.

598. RICHEPIN (Jean). La Mer. *Paris, M. Dreyfous*, 1886, in-4, broché.

Edition originale.
Un des 30 exemplaires (n° 32) imprimés sur papier de Hollande.

599. RICHEPIN (Jean). La Mer. *Paris, M. Dreyfous*, 1886, in-4, broché.

Edition originale.

600. RICHEPIN (Jean). Pièces de théâtre en éditions originales. 3 vol. in-8, brochés.

Monsieur Scapin, 1886. — Par le glaive, 1892. — Le Chemineau, 1897.

601. RICHTER (Jean-Paul). Pensées de Jean-Paul, extraites de tous ses ouvrages; traduites de l'allemand par M. le Mis de la Grange. *Paris, F.-G. Levrault*, 1836, in-8, dos et coins mar. brun, tête dor., ébarbé (*Fock*).

Deuxième édition.

602. ROLLINAT (Maurice). Les Névroses. *Paris, Charpentier*, 1883. — Dans les brandes, poèmes et rondels. *Ibid., id.*, 1883. — L'Abîme, poésies. *Ibid., id.*, 1886. — La Nature, poésies. *Ibid., id.*, 1892. Ens. 4 vol. in-12, brochés.

Éditions originales, sauf pour *les Névroses*.

603. ROSTAND (Edmond). L'Aiglon, drame en six actes, en vers. *Paris, Charpentier et Fasquelle*, 1900, in-12, broché.

Édition originale.

604. ROUMANILLE. Lis Oubreto en proso. *Avignoun, J. Roumanille*, 1864. — Lis Oubreto en vers. Tresenco edicioun. *Ibid., id.*, 1864. — Un Liame de rasin, countenent lis obro de Castil-Blaze, Adoufe Dumas, Jean Reboul, Glaup e T. Poussel. *Ibid., id.*, 1865. — Lis Entarro-Chin. Galejado boulegarello. *Ibid., id.*, 1874. — Ens. 4 vol. in-4 et in-12, dont 1 broché et 3 cartonn., dos et coins toile grise, verte et rouge, non rognés.

605. SAINT-RÉMY (de) [Duc de Morny]. Sur la grande route, proverbe en un acte. *Paris, Libr. nouvelle*, 1861. — Les Bons conseils, comédie en un acte. *Ibid., id.*, 1862. — La Manie des proverbes, proverbe en un acte. *Ibid., id.*, 1862. — Ens. 3 plaquettes pet. in-8, brochées.

Éditions originales.

606. SAINTE-BEUVE. Les Consolations, poésies. *Paris, Urbain Canel*, 1830, in-18, broché.

Édition originale.
Le second plat de la couverture manque; mouillures.

607. SAINTE-BEUVE. Vie, poésies et pensées de Joseph Delorme. Deuxième édition. *Paris, N. Delangle*, 1830, in-8, demi-rel. veau violet, dos plat orné, non rogné (*Rel. de l'époque*).

Édition en partie originale.
Exemplaire portant sur le feuillet de garde un envoi autographe de Sainte-Beuve à Madame Vergne.

608. SAINTE-BEUVE. Volupté. *Paris, Eug. Renduel*, 1834, 2 vol. in-8, brochés.

> Édition originale.
> Les couvertures ne sont pas imprimées.

609. SAINTE-BEUVE. Vie, poésies et pensées de Joseph Delorme. Nouvelle édition très augmentée. *Paris, Poulet-Malassis et de Broise*, 1861. — Les Consolations, pensées d'août, notes et sonnets, un dernier rêve. Nouvelle édition revue et augmentée. *Paris, Michel Lévy frères*, 1863. Ens. 2 vol. pet. in-8, brochés.

610. SAND (George). La Mare au diable. *Paris, Desessart*, 1846, 2 vol. in-8, cartonn. demi-toile grenat, non rognés (*Knecht*).

> Première édition en librairie.
> Cachet effacé sur les faux-titres.

611. SARDOU (Victorien). Pièces de théâtre en éditions originales. 7 vol. in-8, dont 6 brochés et 1 cartonn. dos et coins toile rouge.

> Patrie, 1869. — Séraphine, 1869. — Fernande, 1870. — Rabagas, 1872. — La Haine, 1875. — Daniel Rochat, 1880. — Divorçons (avec E. de Najac), 1863.

612. SARDOU (Victorien). Pièces de théâtre en éditions originales, 16 vol. in-12, brochés.

> Les Premières armes de Figaro (avec Em. Vanderbuch), 1859. — La Taverne, 1854. — Les Pattes de mouche, 1860. — L'Ecureuil, 1861. — Les Femmes fortes, 1861. — Nos intimes, 1862 (La couvert. porte 2e édition). — La Perle noire, 1862. — Les Prés Saint-Gervais, 1862. — Les Ganaches, 1863. — Les Pommes du voisin, 1865. — Les Diables noirs, 1864. — Les Vieux garçons, 1865. — La Famille Benoiton, 1866. — Nos bons villageois, 1867. — Maison neuve, 1867. — Patrie, 1869 (2e édition).

613. SCHWOB (Marcel). Cœur double. *Paris, Ollendorff*, 1891, in-12, broché.

> Édition originale, rare.

614. SILVESTRE (Armand) L'Or des couchants, poésies nouvelles. 1889-1892. *Paris, Charpentier et Fasquelle*, 1892, in-12, broché.

> Édition originale.
> Un des 10 exemplaires (no 9) imprimés sur papier de Hollande.

615. SOULARY (Joséphin). Sonnets, poèmes et poésies. Nouvelle édition complète, revue, corrigée et augmentée, dédiée à la ville de Lyon. *Lyon, Imp. de L. Perrin*, 1864. — La Chasse aux mouches d'or. *Lyon, N. Scheuring*, 1876 (Éd. orig. sans l'eau-forte). — Ens. 2 vol. pet. in-8, brochés.

616. STENDHAL. Histoire de la peinture en Italie par M. de Stendhal. Deuxième édition. *Paris, Alphonse Levavasseur*, 1831, 2 vol. in-8, en feuilles.

Exemplaire lavé et encollé préparé pour la reliure.

617. SULLY-PRUDHOMME. Œuvres. Poésies [1865-1878]. Prose [1883]. *Paris, Alphonse Lemerre*, 1883-1884, 3 vol. in-8, brochés.

Un des 20 exemplaires imprimés sur PAPIER DE HOLLANDE.

618. SULLY-PRUDHOMME. Œuvres. Poésies (1865-1878). *Paris, Alphonse Lemerre*, 1883-1884, 2 vol. in-8, brochés.

619. TAINE (H.). Notes sur Paris. Vie et opinions de M. Frédéric-Thomas Graindorge. *Paris, Hachette*, 1867, pet. in-8, demi-rel., chag. rouge, tête dor., non rogné (*Couvert.*).

ÉDITION ORIGINALE.

620. TAINE (H.). Voyage en Italie. *Paris, Hachette et Cie*, 1866, 2 vol. (ÉDIT. ORIG.). — Voyage aux Pyrénées. Cinquième édition revue et corrigée. *Ibid., id.*, 1867. — Philosophie de l'art dans les Pays Bas. *Paris, Germer-Baillière*, 1869 (ÉDIT. ORIG.). — Ens. 4 vol. in-8 et in-12, dont 3 brochés et un cartonn. dos et coins toile verte.

621. TASTU (Mme Amable). Poésies. 3e édition. *Paris, J. Tastu*, 1827, in-8, veau vert, comp. de fil., pet. dent. à froid., fleurons aux angles, milieu orné d'une lyre, dos plat orné, fil. int., tr. dor. (*Simier*).

Reliure de la plus grande fraîcheur.
Édition ornée d'un frontispice par *Devéria*, tiré sur Chine et de petits fleurons typographiques.

622. TASTU (Mme Amable). Poésies nouvelles. *S. l.* (*Paris*), *Denain et Delamarre*, 1835, in-18, broché.

ÉDITION ORIGINALE, ornée de vignettes gravées sur bois.
La couverture porte l'adresse de Lavigne et la date de 1836.

623. THÉOCRITE. Idylles et odes anacréontiques. Traduction nouvelle par Leconte de Lisle. *Paris, Poulet-Malassis et de Broise*, 1861, in-12, broché.

PREMIÈRE ÉDITION de cette traduction.
Couverture non imprimée.

624. TOUSSENEL (A.). L'Esprit des bêtes. — Le monde des oiseaux. Ornithologie passionnelle. *Paris, Libr. phalanstérienne*, 1853-1855, 3 vol. in-8, demi-rel. chagrin brun, tête dor., non rognés (*Couvert.*).

ÉDITION ORIGINALE.

625\. TOUSSENEL (A.). Tristia. Histoire des misères et des fléaux de la chasse de France par A. Toussenel. *Paris, E. Dentu*, 1863, in-12, demi-rel., mar. grenat, ébarbé (*Couvert.*).

Édition originale.

626\. VACQUERIE (Auguste). Théâtre complet. *Paris, Calmann Lévy*, 1879, 2 vol. gr. in-8, brochés.

Première édition collective.
On y a joint les deux pièces suivantes du même auteur en éditions originales : *Jean Baudry* et *Formosa*, 2 vol. in-8, brochés.

627\. VIGNY (Alfred de). Chatterton, drame. *Paris, H. Souverain*, 1835, in-8, broché.

Édition originale.
Frontispice par *Edouard May*, gravé à l'eau-forte.
La couverture n'est pas imprimée.

628\. VILLIERS DE L'ISLE-ADAM. Premières poésies, 1856-1858. Fantaisies noctures. — Hermosa. — Les Préludes. — Chant du Calvaire. *Lyon, chez N. Scheuring et Cie*, 1859, pet. in-8, broché.

Édition originale.

629\. VILLIERS DE L'ISLE-ADAM. Histoires souveraines. *Bruxelles, Edm. Deman*, 1899, pet. in-4, broché.

630\. ZOLA (Émile). Nana. *Paris, G. Charpentier*, 1880, in-12, broché.

Édition originale.
Papier de Hollande.

631\. ZOLA (Émile). Pot-bouille. *Paris, G. Charpentier*, 1882, in-12, broché.

Édition originale.
Papier de Hollande.

632\. ZOLA (Émile). Germinal. *Paris, Charpentier*, 1885, in-12, broché.

Édition originale.
Papier de Hollande.

633\. ZOLA (Émile). L'Œuvre. *Paris, G. Charpentier et Cie*, 1886, in-12, broché.

Édition originale.
Papier de Hollande.

634\. ZOLA (Émile). La Terre. *Paris, G. Charpentier et Cie*, 1887, in-12, broché.

Édition originale.
Papier de Hollande.

635. ZOLA (Émile). La bête humaine. *Paris, G. Charpentier et Cie* 1890, in-12, broché.

Edition originale.
Papier de Hollande.

636. ZOLA (Émile). L'Argent. *Paris, Bibliothèque Charpentier*, 1891, in-12, broché.

Edition originale.
Papier de Hollande.

637. ZOLA (Émile). La Débâcle. *Paris, Bibliothèque Charpentier*, 1892, in-12, broché.

Edition originale.
Papier de Hollande.

638. ZOLA (Émile). Le docteur Pascal. *Paris, Bibliothèque Charpentier*, 1893, in-12, broché.

Edition originale.
Papier de Hollande.

639. ZOLA (Émile). Les trois villes. Lourdes. — Rome. — Paris. *Paris, Charpentier et Fasquelle*, 1894-1898, 3 vol. in-12, brochés.

Edition originale.
Papier de Hollande.

640. ZOLA (Émile). Les quatre évangiles. Travail. *Paris, Charpentier*, 1901, 2 vol. in-8, brochés.

Edition originale.
Papier de Hollande.

641. ZOLA (Émile). Mes Haines. *Paris, A. Faure*, 1866. — Naïs Micoulin. *Paris, Charpentier et Cie*, 1883. — La Terre. *Ibid., id.*, 1887. — La Débâcle. *Ibid., id.*, 1892. — Ens. 4 vol. in-12, brochés.

Editions originales.

IV. — OUVRAGES SUR LES BEAUX-ARTS

642. ALEXANDRE (Arsène). L'Art du rire et de la caricature. 300 fac-simile en noir et 12 planches en couleurs d'après les originaux. *Paris, Quantin, s. d.*, gr. in-8, broché.

643. AUDSLEY (G.-A.) et BORDES (James). La Céramique japonaise. Edition française publiée sous la direction de M.-A. Racinet. Traduction de M.-P. Louisy. *Paris, Firmin Didot et Cie*, 1880, 2 vol. in-fol., dos et coins mar. rouge, tête dor., ébarbés (*Fock*).

Nombreuses planches hors texte en noir et en couleurs.

644. BELINA (de). Nos Peintres, dessinés par eux-mêmes. *Paris, E. Bernard et Cie*, 1883, in-8, cartonn. des éditeurs.

Exemplaire imprimé sur PAPIER DU JAPON.

645. BÉRALDI (Henri). Les Graveurs du XIXe siècle, guide de l'amateur d'estampes modernes. *Paris, L. Conquet*, 1885-1892, 12 vol. in-8, brochés.

Exemplaire contenant les frontispices.

646. BLANC (Charles). Grammaire des arts du dessin, architecture, sculpture, peinture, jardins, gravure en pierres fines, gravure en médailles... Seconde édition. *Paris, Vve Jules Renouard*, 1870, gr. in8-, demi-rel. mar. noir, tête dor. ébarbé (*Fock*).

Nombreuses illustrations dans le texte.
Sur le faux-titre, envoi autographe de l'auteur.

647. BONNAFFÉ (Edmond). Causeries sur l'art et la curiosité. Frontispice par Jules Jacquemart. *Paris, Quantin*, 1878, in-8, cartonn. de l'éditeur, non rogné.

648. BONNAFFÉ (Edmond). Le meuble en France au XVIe siècle. Ouvrage orné de cent vingt dessins. *Paris, J. Rouam*, 1887, in-4, broché.

Un des 25 exemplaires (no 22) imprimés sur PAPIER DU JAPON.

649. BOSC (Ernest). Dictionnaire de l'art, de la curiosité et du bibelot. *Paris, Firmin Didot et Cie*, 1883, gr. in-8, broché.

Nombreuses gravures sur bois hors texte et dans le texte.

650. CAVALLUCCI (J.) et ÉMILE MOLINIER. Les Della Robbia, leur vie et leur œuvre d'après des documents inédits. Suivi d'un catalogue de l'œuvre de Della Robbia en Italie et dans les principaux musées de l'Europe. *Paris, J. Rouam*, 1884, in-4, broché.

Un des 25 exemplaires (n° 17) imprimés sur PAPIER DE HOLLANDE. Nombreuses illustrations.

651. CELLINI. La Vie de Benvenuto Cellini écrite par lui-même. Traduction Léopold Leclanché. Notes et index de M. Franco ; illustrée de neuf eaux-fortes par F. Laguillermie et de reproductions des œuvres du maître. *Paris, A. Quantin*, 1881, in-8, dos et coins mar. olive, tête dor., non rogné, couvert. (*Fock*).

652. CHAMPFLEURY. Histoire des faïences patriotiques sous la révolution. *Paris, Dentu*, 1867, in-8, broché.

ÉDITION ORIGINALE.
Nombreuses vignettes gravées sur bois hors texte et dans le texte.
Envoi autographe de l'auteur sur le faux-titre.

653. CHAMPFLEURY. Henry Monnier. Sa vie, son œuvre, avec un catalogue complet de l'œuvre et 100 gravures fac-simile. *Paris, E. Dentu*, 1879, in-8, dos et coins mar. orange, tête dor., ébarbé (*Fock*).

ÉDITION ORIGINALE.

654. CHEFS-D'ŒUVRE de l'art antique. Tirés principalement du Musée royal de Naples dessinés et gravés par les principaux artistes italiens. Première série : Monument de la vie des anciens. Texte par M. Robiou. — Deuxième série : Monuments de la peinture et de la sculpture. Texte par M. F. Lenormant. *Paris, A. Lévy*, 1867, 7 vol. in-4, en feuilles dans des cartons, toile bleue.

655. CLOUET. Three hundred french portraits representing personages of the courts of Francis I., Henry II., and Francis II., by Clouet. Auto-lithographed from the originals at Castle Howard Yorkshire, by Lord Ronald Gower. *London, Sampson Low*, 1875, 2 vol. in-fol., cartonn. toile bleue.

656. COLLECTION PIERRE BARBOUTAU. Peintures, estampes et objets d'art du Japon. *Paris*, 1904, 2 vol. gr. in-4, figures, brochés.

Nombreuses planches hors texte.

657. COLLECTION S. BING. Objets d'art et peintures du Japon et de la Chine. *Paris*, 1906, 6 fascicules in-fol., dans un carton.

Nombreuses illustrations dans le texte et hors texte.

658. COLLECTION DE M. JOHN W. WILSON exposée dans la ga-

lerie du Cercle artistique et littéraire de Bruxelles au profit des pauvres de cette ville. *Paris, imp. de Jules Claye*, 1873, gr. in-4, demi-rel. chag. rouge, plats toile, ébarbé.

55 planches gravées à l'eau-forte par *Le Rat, Flameng, Jacquemart, Marie Louveau*, etc., etc.

659. COLLIGNON (Maxime). Histoire de la sculpture grecque. Tome II : L'Influence des grands maîtres du cinquième siècle. — Le Quatrième siècle. — L'Epoque Hellénistique. — L'Art grec après la conquête romaine. *Paris, Firmin Didot et Cie*, 1897, gr. in-8, broché.

Ouvrage illustré de 12 planches hors texte en chromolithographie ou en héliogravure et de 360 gravures dans le texte.

660. CURTIS (Atherton). Catalogue of the etched work of Evert van Muyden. With a portrait of the artist and ten head pieces etched expressly for the catalogue, and one unpublished plate. *New-York, Fred. Keppel & Co.*, 1894, gr. in-8, cartonn. toile verte, non rogné.

661. DELTEIL (Loys). Le Peintre-graveur illustré (xixe et xxe siècles). Tomes I, II et IV. *Paris, chez l'auteur*, 1906-1909, 3 vol. in-4, brochés.

Tome I : J.-F. Millet. — Th. Rousseau. — Jules Dupré. — J. Barthold Jongkind. — Tome II : Charles Meryon. — Tome IV : Anders Zorn.

Nombreuses reproductions en phototypie.

662. DELTEIL (Loys). Le peintre-graveur illustré (xixe et xxe siècles). Tome IV : Anders Zorn. *Paris, chez l'auteur*, 1909, in-4, broché.

Nombreuses reproductions en phototypie.

663. DUPLESSIS (Georges). Histoire de la gravure en Italie, en Espagne, en Allemagne, dans les Pays-Bas, en Angleterre et en France, suivie d'indications pour former une collection d'estampes, par Georges Duplessis : contenant 73 reproductions de gravures anciennes. *Paris, Hachette et Cie*, 1880, gr. in-8, dos et coins mar. rouge, fil., dos orné, tête dor., ébarbé (*Fock*).

664. DUPLESSIS (Georges) et BOUCHOT (Henri). Dictionnaire des marques et monogrammes de graveurs. *Paris, J. Rouam*, 1886-1887, 3 vol. in-12, brochés.

Un des 15 exemplaires imprimés sur papier du Japon.

665. DU SARTEL (O.). La Porcelaine de Chine, origines, fabrication, décors et marques. La porcelaine de Chine en Europe, classement chronologique, imitations, contrefaçons par O. Du Sartel.

Paris, Vve A. Morel et Cie, 1881, gr. in-4, dos et coins mar. rouge, tête dor., couv. (*Fock*).

Ouvrage orné de 32 planches hors texte en héliogravure et en chromolithographie.

666. EAUX-FORTES de Paul Potter [J. Ruysdael, Antoine Van-Dyck], reproduites et publiées par Amand-Durand. Texte par Georges Duplessis. *Paris, Amand-Durand, 1878 et s. d.* 3 albums in-folio, dans des cartons recouverts de toile.

667. GARNIER (Édouard). Histoire de la verrerie et de l'émaillerie. Illustration d'après les dessins de l'auteur. Gravure de Trichon. *Tours, A. Mame et fils*, 1886, gr. in-8, broché.

Un des 65 exemplaires (no 43) imprimés sur PAPIER DE HOLLANDE.

668. GARNIER (Édouard). Dictionnaire de la céramique. Faïences, grès, poteries. Reproduisant 150 motifs variés et 550 marques et monogrammes dans le texte, d'après les dessins de l'auteur. *Paris, Libr. de l'Art, s. d.*, in-8, broché.

669. GAVARNI. L'Œuvre de Gavarni. Lithographies originales et essais d'eau forte et de procédés nouveaux. Catalogue raisonné par J. Armelhault et E. Bocher. Orné d'un portrait inédit de Gavarni... et de deux lithographies et une eau-forte... *Paris, librairie des bibliophiles*, 1873, in-8, broché.

Un des 40 exemplaires (no 23) imprimés sur PAPIER DE HOLLANDE.

670. GEYMULLER (Bon Henry de). Les Du Cerceau, leur vie et leur œuvre d'après de nouvelles recherches. Ouvrage accompagné de 137 gravures dans le texte et de 4 planches hors texte. *Paris, J. Rouam*, 1887, in-4, broché.

Un des 25 exemplaires (no 9) imprimés sur PAPIER DE HOLLANDE.

671. GIRAUD (J.-B.). Les Arts du métal, recueil descriptif et raisonné des principaux objets ayant figuré à l'exposition de 1880 de l'Union centrale des beaux-arts. *Paris, A. Quantin*, 1881, in-fol., demi-rel. mar. noir, tête dor., ébarbé (*Fock*).

Ouvrage orné de 50 héliogravures hors texte.

672. GONCOURT (Edm. et J. de). L'Art du dix-huitième siècle. Deuxième édition revue et augmentée. *Paris, Rapilly*, 1873-1874, 2 vol. in-8, brochés.

673. GONCOURT (Edm. et J. de). Gavarni, l'homme et l'œuvre. Ouvrage enrichi du portrait de Gavarni gravé à l'eau-forte par Flameng d'après un dessin de l'artiste et d'un fac-simile d'autographe. *Paris, Henri Plon*, 1873, in-8, demi-rel. chag. grenat, tête dor., ébarbé (*Couvert.*).

674. GONCOURT (Edm. et J.). L'Art du dix-huitième siècle. Deuxième édition revue et augmentée. *Paris, Rapilly*, 1873-1874, 2 vol. in-8, brochés.

Exemplaire imprimé sur papier vergé.

675. GONCOURT (Edm. et J. de). L'Art du dix-huitième siècle. Troisième édition revue et augmentée et illustrée de planches hors texte. *Paris, A. Quantin*, 1880, 14 fascicules in-4, brochés.

676. GONSE (Louis). Eugène Fromentin, peintre et écrivain, par M. Louis Gonse. Ouvrage augmenté d'un voyage en Egypte et d'autres notes et morceaux inédits de Fromentin et illustrés de gravures hors texte et dans le texte. *Paris, A. Quantin*, 1881, gr. in-8, broché.

677. GONSE (Louis). L'Art japonais. *Paris, A. Quantin*, 1883, 2 vol. gr. in-4, cartonnage de l'éditeur.

Nombreuses illustrations dans le texte et hors texte.

678. GUIFFREY (Jules). Inventaire général du mobilier de la Couronne sous Louis XIV (1663-1715). *Paris, J. Rouam*, 1885-1886, 2 vol. gr. in-8, brochés.

Un des 10 exemplaires (n° 7) imprimés sur PAPIER DU JAPON.

679. GUIFFREY (Jules). Histoire de la tapisserie, depuis le moyen âge jusqu'à nos jours. *Tours, Alfred Mame et fils*, 1886, gr. in-8, broché.

Un des 65 exemplaires (n° 58) imprimés sur PAPIER DE HOLLANDE.

680. HABERT-DYS (J.). Fantaisies décoratives. *Paris, Librairie de l'Art, s. d.*, 12 livraisons in-fol. dans un carton.

48 chromolithographies.

681. HAVARD (Henry). Histoire de la faïence de Delft. Ouvrage enrichi de 25 planches hors texte et de plus de 400 dessins, fac-simile, chiffres, etc., dans le texte. *Paris, E. Plon et Cie*, 1878, gr. in-8, dos et coins mar. rouge, tête dor., non rogné (*Fock*).

682. HAVARD (Henry). L'Art dans la maison, grammaire de l'ameublement. Illustrations de MM. Corroyer, C. David, E. Prignot, Favier, Fichot, Kauffmann, P. Laurens, etc., etc. *Paris, Ed. Rouveyre et G. Blond*, 1884, gr. in-8, broché.

Nombreuses illustrations dans le texte et hors texte.

683. HEFNER-ALTENECK (J.-H. de). Serrurerie ou les ouvrages en fer forgé du moyen âge et de la renaissance. 84 planches gravées en taille-douce. Texte traduit par M. Daniel Ramée. *Paris,*

Tross, 1870, gr. in-4, mar. brun, filets à froid, milieu et dos ornés, large dent. int., tête dor., ébarbé.

Ouvrage imprimé sur papier de Hollande contenant 84 planches hors texte gravées en taille-douce.

684. HISTOIRE DE L'ART DU JAPON. Ouvrage publié par la commission impériale du Japon à l'exposition universelle de Paris, 1900. *Paris, Maurice de Brunoff, s. d.*, in-fol., cartonn. de l'éditeur.

Ouvrage orné de 68 planches hors texte.

685. JACQUEMART (Albert). Histoire de la Céramique. Étude descriptive et raisonnée des poteries de tous les temps et de tous les peuples. Ouvrage contenant 200 figures sur bois par H. Catenacci et J. Jacquemart, 12 planches gravées à l'eau-forte par Jules Jacquemart et 1000 marques et monogrammes. *Paris, Hachette et Cie*, 1873, gr. in-8, dos et coins mar. rouge, tête dor., non rogné (*Feck*).

686. JACQUEMART (Albert) et LE BLANT (Edmond). Histoire artistique, industrielle et commerciale de la porcelaine, accompagnée de recherches sur les sujets et emblèmes qui la décorent, les marques et inscriptions qui font reconnaître les fabriques d'où elle sort, les variations de prix qu'ont obtenus les principaux objets connus et les collections ou ils sont conservés aujourd'hui ; enrichie de 26 (28) planches gravées à l'eau-forte par Jules Jacquemart. *Paris, Techener*, 1862, pet. in-fol., cartonn. vélin à recouv., non rogné.

687. LA FIZELIÈRE (A. de), CHAMPFLEURY et F. HENRIET. La vie et l'œuvre de Chintreuil. Quarante eaux-fortes par Martial, Beauverie, Taiée, Ad. Lalauze, Saffray, Selle, Paul Roux. *Paris, chez Cadart*, 1874, in-fol., broché.

Un des 60 exemplaires (n° 2) imprimés sur PAPIER DE CHINE ; contenant les eaux-fortes en épreuves AVANT la LETTRE.

688. MANDER (Carel van). Le livre des peintres de Carel van Mander. Vie des peintres flamands, hollandais et allemands (1604). Traduction, notes et commentaires par Henri Hymans. *Paris, J. Rouam*, 1884-1885, 2 vol. in-4, brochés.

Un des 25 exemplaires (n° 23) imprimés sur PAPIER DE HOLLANDE.

689. MARK-PATTISON (Mme). Claude Lorrain, sa vie et ses œuvres, d'après des documents inédits. *Paris, J. Rouam*, 1884, in-4, broché.

Un des 25 exemplaires (n° 9) imprimés sur PAPIER DE HOLLANDE. Nombreuses illustrations.

690. MEIER-GRAEFE (J.). Félix Vallotton. Biographie de cet artiste, avec la partie la plus importante de son œuvre éditée et différentes gravures originales et nouvelles, par J. Meier-Graefe. *Berlin et Paris*, 1898. in-4 oblong, broché.

Texte en français et en allemand.

691. MÉNARD (René). L'Art en Alsace-Lorraine. *Paris, Libr. de l'art*, 1876, in-4, broché.

Nombreuses illustrations hors texte et dans le texte.

692. MEURER. Carreaux en faïence italienne de la fin du XVe siècle et du commencement du XVIe siècle d'après les dessins originaux publiés par M. Meurer. *Paris, A. Quantin*, 1885, in-fol., demi-rel. mar. grenat, tête dor. (*Fock*).

Ouvrage orné de 24 chromolithographies hors texte.

693. MICHEL (Émile). Les Musées d'Allemagne, Cologne, Munich, Cassel. Ouvrage accompagné de 15 eaux-fortes et de 80 gravures. *Paris, J. Rouam*, 1886, in-4, broché.

Un des 25 exemplaires (n° 24) imprimés sur PAPIER DE HOLLANDE.

694. MICHEL (Émile). Rembrandt, sa vie, son œuvre et son temps. Ouvrage contenant 343 reproductions directes d'après les œuvres du maître. *Paris, Hachette et Cie*, 1893, gr. in-8, broché.

Nombreuses illustrations dans le texte et hors texte.

695. MOLINIER (Émile). Venise, ses arts décoratifs, ses musées et ses collections par Emile Molinier. Ouvrage accompagné de 207 gravures dans le texte et de plusieurs eaux-fortes. *Paris, librairie de l'Art*, 1889, in-4, broché.

Un des 25 exemplaires (n° 5) imprimés sur PAPIER DE HOLLANDE.

696. MUNTZ (Eugène). Raphaël, sa vie, son œuvre et son temps. Ouvrage contenant 155 reproductions de tableaux ou fac-simile de dessins insérés dans le texte et 41 planches tirées à part. *Paris, Hachette et Cie*, 1881, in-4, dos et coins, mar. vert, tête dor., ébarbé (*Fock*).

Un des 100 exemplaires (n° 55) imprimés sur PAPIER WHATMAN.

697. MUNTZ (Eugène). La Renaissance en Italie et en France à l'époque de Charles VIII. Ouvrage publié par M. Eugène Müntz et illustré de 300 gravures dans le texte et de 38 planches tirées à part. *Paris, Firmin-Didot et Cie*, 1885, gr. in-8, demi-rel. mar. noir, tête dor., ébarbé, couvert. (*Fock*).

698. NUITTER (Charles). Le nouvel Opéra. Ouvrage contenant 59

gravures sur bois et 4 plans. *Paris, Hachette et Cie*, 1875, in-8, demi-rel. chag. rouge, tête dor., ébarbé.

ÉDITION ORIGINALE.
Un des 150 exemplaires (no 104) imprimés sur PAPIER DE CHINE.

699. ŒUVRE (L') et la vie de Michel-Ange, dessinateur, sculpteur, peintre, architecte et poète par M. Charles Blanc, Eug. Guillaume, Paul Mantz, Charles Garnier, Mézières, Anatole de Montaiglon, George Duplessis et Louis Gonse. *Paris, Gazette des Beaux-arts*, 1876, gr. in-8, broché.

Exemplaire IMPRIMÉ sur PAPIER DE CHINE.

700. PERKINS (Charles). Ghiberti et son école. *Paris, Jules Rouam*, 1886, in-4, broché.

Un des 25 exemplaires (no 5) imprimés sur PAPIER DE HOLLANDE.
Nombreuses illustrations.

701. PERROT (Georges) et CHIPIEZ (Charles). Histoire de l'art dans l'antiquité, Egypte, Assyrie, Perse, Asie Mineure, Grèce, Etrurie, Rome. *Paris, Hachette et Cie*, 1882-1890, 5 vol. gr. in-8, dont 3 demi-rel. mar. vert, tête dor., non rognés et 2 brochés.

Ouvrage orné de nombreuses illustrations hors texte et dans le texte.

702. PETITOT. Les Émaux de Petitot du musée impérial du Louvre. Portraits de personnages historiques et de femmes célèbres du siècle de Louis XIV gravés au burin par M. L. Ceroni. *Paris, Blaisot*, 1862-1864, 2 vol. in-4, dos et coins mar. rouge, dos orné, tête dor., non rognés.

Exemplaire imprimé sur PAPIER DE HOLLANDE contenant les 50 portraits hors texte en deux états : AVANT la lettre sur CHINE et avec la lettre sur vélin blanc.

703. PETITOT. Les Émaux de Petitot du musée impérial du Louvre. Personnages historiques et femmes célèbres du siècle de Louis XIV, gravés au burin par L. Ceroni. *Paris, Blaisot*, 1864, in-4, en feuilles.

Suite complète des 50 portraits tirés sur Chine.

704. PLON (Eugène). Benvenuto Cellini, orfèvre, médailleur, sculpteur. Recherches sur sa vie, sur son œuvre et sur les pièces qui lui sont attribuées. Eaux-fortes de Paul Le Rat. *Paris, E. Plon et Cie*, 1883, 2 vol. gr. in-4, dont un de planches, dos et coins mar. rouge, tête dor., ébarbés, couvert. (*Fock*).

Un des 100 exemplaires d'artiste (no 52) contenant les 84 planches hors texte en TROIS états : sur Chine avant la lettre en noir et en sanguine et avec la lettre en noir, sauf pour la planche no 7 qui ne se trouve, dans notre exemplaire, qu'avec la lettre.

705. PORTALIS (Baron Roger) et BÉRALDI (Henri). Les Graveurs du dix-huitième siècle. *Paris, Damascène Morgand et Charles Fatout*, 1880-1882, 3 vol. in-8, brochés.

Le tome premier est relié en demi-rel. chag. vert, tête dor., non rogné.

706. POTTIER (André). Histoire de la faïence de Rouen. Ouvrage posthume publié par les soins de MM. l'abbé Colas, Gustave Gouellain et Raymond Bordeaux. Orné de 60 planches imprimées en couleurs et de vignettes d'après les dessins de Mlle Emilie Pottier. *Rouen, Auguste Le Brument*, 1870, in-4, broché et album.

Les 60 planches sont renfermées dans un carton.

707. RAMIRO (Erastène). Catalogue descriptif et analytique de l'œuvre gravé de Félicien Rops, précédé d'une notice biographique et critique par Erastène Ramiro. Orné d'un frontispice et de gravures d'après des compositions inédites de Félicien Rops et de fleurons et culs-de-lampe d'après F. Rops, Jean la Palette et Louis Legrand. *Paris, Conquet*, 1887. — Supplément au catalogue de l'œuvre gravé de Félicien Rops. Illustrations de Félicien Rops. Flurons et culs-de-lampe par A. Rassenfosse. *Paris, Floury*, 1895, 2 vol. gr. in-8, brochés.

Envoi autographe de l'auteur au premier volume.

708. RAYET (Olivier). Monuments de l'art antique, publiés sous la direction de M. Olivier Rayet. *Paris, A. Quantin*, 1884, 2 vol. in-fol., demi-rel. mar. vert, tête dor., non rognés (*Fock*).

Nombreuses héliogravures hors texte.

709. RABAUT (Alfred). L'Œuvre complet de Eugène Delacroix, peintures, dessins, gravures, lithographies, catalogué et reproduit par Alfred Rabaut commenté par Ernest Chesneau. *Paris, Charavay frères*, 1885, pet. in-4, broché.

Portraits d'Eugène Delacroix tirés sur papier de Chine.

710. SOLVAY (Lucien). L'Art espagnol. Précédé d'une introduction sur l'Espagne et les Espagnols. Ouvrage accompagné de 72 gravures d'après les œuvres des maitres et de croquis originaux de Goya, Fortuny, Henri Regnault, Const. Meunier, etc. *Paris, J. Rouam*, 1887, in-4, broché.

Un des 25 exemplaires (n° 8) imprimés sur PAPIER DE HOLLANDE.

711. VIOLLET-LE-DUC. Dictionnaire raisonné du mobilier français, de l'époque carlovingienne à la Renaissance. *Paris, Bance*, 1858-1875, 6 vol. in-8, demi-rel. mar. vert, tête dor., non rognés.

Nombreuses planches hors texte en chromolithographie ou gravées sur bois et vignettes dans le texte.

712. WAAGEN (G.-F.). Manuel de l'histoire de la peinture. Ecoles allemande, française et hollandaise. Traduction par MM. Hymans et J. Petit. *Bruxelles, C. Muquardt*, 1863-1864, 3 vol. in-8, demi-rel. chagrin rouge, tête dor., ébarbés.

Nombreuses illustrations hors texte.

713. WRIGHT (Thomas). Histoire de la caricature et du grotesque dans la littérature et dans l'art. Traduction d'Octave Sachot. Deuxième édition illustrée de 238 gravures intercalées dans le texte. Notice par Amédée Pichot. *Paris, Ad. Delahays*, 1875, in-8, demi-rel. mar. vert, tête dor., non rogné.

714. YRIARTE (Charles). Venise, histoire, art, industrie, la ville, la vie par Charles Yriarte. Ouvrage orné de 525 gravures dont 50 tirées hors texte et plusieurs en couleur. *Paris, J. Rothschild*, 1878, pet. in-fol., cartonn. en toile de l'éditeur.

Un des 25 exemplaires (n° 9) imprimés sur PAPIER DE HOLLANDE.

715. YRIARTE (Charles). Un Condottiere au XVe siècle. Rimini. Etudes sur les lettres et les arts à la cour des Malatesta d'après les papiers d'état des archives d'Italie. Avec 200 dessins d'après les documents du temps. *Paris, J. Rothschild*, 1882, gr. in-8, demi-rel. mar. noir, tête dor., ébarbé (*Fock*).

V. — LIVRES MODERNES DANS TOUS LES GENRES

716. ABRANTÈS (Duchesse d'). Mémoires sur la Restauration, ou souvenirs historiques sur cette époque, la révolution de juillet et les premières années du règne de Louis-Philippe Ier. *Paris, J. L'Henry*, 1835-1836, 6 vol. in-8, brochés.

717. AMOURS (Les) du cardinal de Richelieu. Roman inédit de l'Hôtel de Rambouillet. *Paris, Plon*, 1870, in-18, mar. grenat, fil., coins ornés à pet. fers, tr. dor. (*Petit*).

Portrait ajouté.

718. AMOUR AUX COLONIES (L'). Singularités physiologiques et passionnelles observées durant trente années de séjour dans les colonies françaises. Cochinchine, Tonkin et Cambodge. — Guyane et Martinique. — Sénégal et Rivières du Sud. — Nouvelle-Calé-

donie. — Nouvelles-Hébrides et Tahiti, par le docteur Jacobus X***. *Paris, Is. Liseux*, 1893, in-8, broché.

Tirage unique à 330 exemplaires (n° 90).

719. ANANGA-RANGA. Traité hindou de l'amour conjugal rédigé en sanscrit par l'archi-poète Kalyana Malla (XVIe siècle); traduit sur la première version anglaise (Cosmopoli, 1885), par Isidore Liseux. *Paris, Is. Liseux*, 1886, pet. in-8, broché.

Edition unique tirée à 300 exemplaires numérotés (n° 295) sur papier de Hollande.

720. BACHAUMONT. Mémoires historiques, littéraires, politiques, anecdotiques et critiques de Bachaumont, ou choix d'anecdotes historiques, littéraires, critiques et dramatiques; de bons mots, d'épigrammes, etc., etc., extrait des Mémoires secrets de la république des lettres et mis en ordre par J.-T. M....e (Jean-Toussaint Merle). *Paris, L. Collin*, 1809, 3 vol. in-8, cartonn. demi-toile grise, non rognés.

Seconde édition, revue avec soin, et augmentée d'un grand nombre de pièces inédites et de notes historiques.

721. BAIF (J.-A. de). Poésies choisies, suivies de poésies inédites publiées avec une notice sur la vie et les œuvres de Baïf..... par L. Becq de Fouquières. *Paris, Charpentier*, 1874. — BELLAY (Joachim du). Œuvres choisies, publiées avec une notice biographique, des notes et un index par L. Becq de Fouquières. *Ibid., id.*, 1876. — Ens. 2 vol. pet. in-8, dos et coins mar. vert, tête dor., non rognés.

Exemplaires imprimés sur PAPIER DE HOLLANDE.

722. BATACCHI. Nouvelles, littéralement traduites pour la première fois. *Imprimé aux frais du traducteur, et se vend à Paris, chez Is. Liseux*, 1880-1882, 2 vol. pet. in-8, brochés.

Edition tirée à 225 exemplaires sur papier de Hollande.

723. BAYLE (Pierre). Dictionnaire historique et critique. Nouvelle édition, augmentée de notes extraites de Chaufepié, Joly, La Monnoie, Leduchat, etc. *Paris, Desoer*, 1820, 16 vol. in-8, demi-rel. mar. bleu à longs grains, dos orné, ébarbés (*Rel. de l'époque*).

724. BELLEAU (Remy). Œuvres complètes de Remy Belleau. Nouvelle édition publiée d'après les textes primitifs avec variantes et notes par A. Gouverneur. *Paris, A. Franck*, 1867, 3 vol. in-8, dos et coins mar. brun, fil., dos orné, tête dor., ébarbés (*Lesort*).

Un des 125 exemplaires imprimés sur PAPIER DE HOLLANDE.

725. BIBLIOTHÈQUE CLASSIQUE (De la nouvelle). *Paris, Libr. des bibliophiles*, 1876-1884, 14 vol. in-12, brochés.

CHAMFORT (N.). Œuvres choisies, 2 vol. — CHÉNIER (André).

Œuvres poétiques, 1 vol. — COURIER (P.-L.). Œuvres, 3 vol. — HAMILTON (A.). Mémoires du chevalier de Grammont, 1 vol. — MARIVAUX. Théâtre choisi, 2 vol. — REGNARD (J.-Fr.). Théâtre, 2 vol. — RIVAROL (A.). Œuvres choisies, 2 vol. — SATYRE MÉNIPPÉE, ou la vertu du Catholicon, 1 vol.

Le volume des Œuvres poétiques de Chénier est imprimé sur PAPIER WHATMAN ; les autres sont sur Hollande.

726. BIBLIOTHÈQUE CLASSIQUE (De la nouvelle). *Paris, Libr. des bibliophiles*, 1876-1880, 8 vol. pet. in-8, brochés.

CHAMFORT (N.). Œuvres choisies, 2 vol. — COURIER (P.-L.). Œuvres, 3 vol. — HAMILTON. Mémoires de Grammont, 1 vol. — RIVAROL (A.). Œuvres choisies, 2 vol.

727. BIBLIOTHÈQUE D'UN CURIEUX (De la). *Paris, A. Lemerre*, 1871-1882, 15 vol. pet. in-12, brochés.

ARLOTTO. Les Contes et Facéties. — BOUCHET (Guillaume). Les Sérées, 6 vol. — LE HOUX (Jean). Les Vaux de Vire. — OUVILLE (d'). L'Elite des Contes. — MAGNY (Olivier de). Les Amours, les odes, les gayetez, 4 vol. — PIBRAC (de). Les Quatrains. — TAHUREAU (J.). Les Dialogues.

728. BIBIENA (Cardinal Divizio de). La Calandra, comédie (XVIe siècle). Traduction nouvelle et littérale par Alcide Bonneau. *Paris, Is. Liseux*, 1887, pet. in-12, broché.

Edition unique, tirée à 250 exemplaires sur papier de Hollande.

729. BLAZE (Elzéar). Le Chasseur au chien courant, contenant les habitudes, les ruses des bêtes, l'art de les quêter, de les juger et de les détourner ; de les attaquer, de les tirer ou de les prendre de force ; l'éducation du limier, des chiens courants, leurs maladies, etc. *Paris, l'auteur-éditeur*, 1838, 2 vol. in-8, brochés.

EDITION ORIGINALE.

730. BONHOMME (Honoré). La société galante et littéraire au XVIIIe siècle. *Paris, Rouveyre*, 1880. — JULLIEN (Adolphe). La Comédie et la galanterie au XVIIIe siècle. — L'Opéra secret au XVIIIe siècle. *Ibid., id.*, 1879-1880, 2 vol. — LAUZUN (Duc de). Mémoires. Edition complète précédée d'une étude sur Lauzun et ses mémoires par Georges d'Heylli, *Ibid., id.*, 1880. — Ens. 4 vol. pet. in-8, brochés.

Papier vergé.

731. BOSSUET. Discours sur l'histoire universelle. Edition augmentée des nouvelles additions et des variantes du texte. *A Paris, chez Lefèvre*, 1823, 2 vol. gr. in-8, dos et coins mar. vert à longs grains, dos orné, non rognés (*Simier*).

Exemplaire sur GRAND PAPIER VÉLIN.

732. BOUCHÉ (Jacques). Gallet et le Caveau. 1698-1757. *Paris, Dentu*, 1884, 2 vol. in-8, brochés.

On y a joint : Collé. Chansons badines. Nouvelle édition, revue et corrigée. *Utrecht, chez Jan Flecht, s. d.*, pet. in-8, broché.

733. BOUSQUET (Georges). Le Japon de nos jours et les échelles de l'Extrême-Orient. Ouvrage contenant trois cartes. *Paris, Hachette et Cie*, 1877, 2 vol. in-8, demi-rel. chagrin grenat, tête dor., non rognés.

734. BRANTOME. Œuvres complètes, publiées d'après les manuscrits avec variantes et fragments inédits pour la Société de l'histoire de France, par Ludovic Lalanne. *A Paris, chez Mme Vve Jules Renouard*, 1864-1882, 9 tomes en 8 vol. — Histoire du gentil seigneur de Bayart, composée par le Loyal Serviteur, publiée pour la Société de l'histoire de France par M. J. Roman. *Ibid., id.*, 1878. — Ens. 10 tomes en 9 vol. demi-rel. mar. grenat, tête dor., non rognés (*Couvert.*).

735. CABINET DU BIBLIOPHILE (De la Collection du). *A Paris, chez D. Jouaust*, 1868-1869, 3 vol. in-12, mar. La Vall., vert foncé et bleu, dent. int., tête dor., non rognés (*Dupré*).

La Bruyère. Le premier texte de La Bruyère, publié par D. Jouaust. — La Rochefoucauld. Le premier texte de La Rochefoucauld, publié par F. de Marescot. — Rivière-Dufresny. Entretiens ou amusements sérieux et comiques publiés par D. Jouaust.

736. CABINET SATYRIQUE (Le) ou recueil parfaict des vers piquants et gaillards de ce temps, tiré des secrets cabinets des sieurs Sygognes, Régnier, Motin, Berthelot, Maynard et autres des plus signalez poètes de ce siècle. Nouvelle édition complète, revue sur les éditions de 1618 et de 1620 et sur celle dite du Mont-Parnasse sans date. *S. l.* (*Bruxelles, Poulet-Malassis ?*), 1864, 2 vol. pet. in-12, brochés.

Exemplaire imprimé sur papier vergé.

737. CALDÉRON. Œuvres dramatiques de Caldéron. Traduction de M. Antoine de Latour, avec une étude sur Caldéron, des notices sur chaque pièce et des notes. Drames-Comédies. *Paris, Didier et Cie*, 1871-1873, 2 vol. in-8, dos et coins mar. bleu, tête dor., ébarbés.

Exemplaire imprimé sur papier de Hollande.

738. CASANOVA. Mémoires de J. Casanova de Seingalt écrits par lui-même, suivis de fragments des mémoires du prince de Ligne. Nouvelle édition collationnée sur l'édition originale de Leipsick. *Paris, Garnier frères, s. d.* (1880), 8 vol. in-8, cartonn. dos et coins toile verte, tête marb., non rognés.

Un des 100 exemplaires (n° 6) imprimés sur papier de Hollande.

739. CAYLUS (Mme de). Souvenirs et correspondance de Madame de Caylus. Première édition complète publiée avec une annotation historique, biographique et littéraire et un index analytique par Emile Raunié. *Paris, G. Charpentier*, 1881, in-12, broché.

Un des 50 exemplaires (n° 38) imprimés sur PAPIER DE HOLLANDE.

740. CHEFS-D'ŒUVRE DES CONTEURS FRANÇAIS contemporains de La Fontaine (XVIIe siècle) et après La Fontaine (XVIIIe siècle). Avec une introduction, des notes historiques et littéraires et un index par Charles Louandre. *Paris, Charpentier et Cie*, 1874, 2 vol. in-12, dos et coins mar. noir, tête dor., non rognés, couvert. (*Fock*).

Un des 75 exemplaires imprimés sur PAPIER DE HOLLANDE.

741. CHEFS-D'ŒUVRE DE LA LITTÉRATURE FRANÇAISE (De la collection des). *Paris, Delarue, s. d.*, 16 vol. in-12, brochés.

BÉROALDE DE VERVILLE. Le Moyen de parvenir. Edition collationnée sur les textes originaux, 3 vol. — LA ROCHEFOUCAULD (Duc de). Maximes et réflexions morales. Texte collationné sur l'édition de 1678. — MAROT (Clément). Œuvres, 4 vol. — RABELAIS. Œuvres. Edition collationnée sur les textes originaux, 6 vol. — RÉGNIER (Mathurin). Œuvres complètes, revues sur les éditions originales avec notes extraites de tous les commentateurs. — VILLON (François). Œuvres. Edition collationnée d'après les meilleurs textes.

Exemplaires imprimés sur PAPIER DE CHINE.

742. COLLECTION DES AUTEURS LATINS avec la traduction en français, publiés sous la direction de M. Nisard. *Paris, J.-J. Dubochet et Compagnie*. 1842-1850. 13 vol. gr. in-8, dont 8 demi-rel. chagrin noir, ébarbés, couvert. et 5 brochés.

Sénèque. — Tacite. — Lucrèce, Virgile, Valérius Flaccus. — Quintilien et Pline le jeune. — Les Agronomes latins, Caton, Varron, Columelle, Palladius. — Cornelius Nepos, Quinte-Curce, Justin, etc. — Pétrone, Apulée, Aulu-Gelle. — Suétone, les écrivains de l'histoire Auguste, Eutrope, Sextus Rufus. — Histoire naturelle de Pline, 2 vol. — Théâtre complet des Latins, comprenant Plaute, Térence et Sénèque le Tragique. — Horace, Juvénal, Perse, etc. — Lucain, Silius Italicus, Claudien.

743. COLLECTION LISEUX (De la). *Paris, I. Liseux*, 1875-1882, 26 vol. in-18, brochés.

ARISTENET. Les Epitres amoureuses. — BANDELLO. Nouvelles, 2 vol. — BOCCACE. Le Décaméron, 6 vol. — BÈZE (T. de). Le Passavant. — BOULMIER (J.). Les Villanelles. — DENON (Vivant). Point de lendemain. — ERASME. La Civilité puérile d'Erasme de Rotterdam. — FIRENZUOLA. Nouvelles. — GESNER (J.-M.). Socrate et l'amour grec. — HEURES PERDUES (Les) d'un cavalier françois. — LASCA. Les Soupers, 2 vol. — MARGUERITE DE NAVARRE. Heptaméron, 3 vol. — POGGE. Facéties, 2 vol. — SINISTRARI (L.-M.). De la Démonialité et des animaux incubes et succubes. — TACITE. La Germanie. — VOISENON. Contes.

744. CONTES SECRETS RUSSES (Rousskiia zavetnia skazki). Traduction complète. *Paris, Is. Liseux*, 1891, pet. in-8, broché.

Édition unique tirée à 220 exemplaires numérotés (n° 171) sur papier de Hollande.

745. COPPÉE (François). Œuvres. — Poésies, 1864-1890. — Théâtre, 1869-1878. *Paris, Lemerre*, 1874-1891, 7 vol. pet. in-12, brochés.

De la *Petite bibliothèque littéraire.*
Exemplaires imprimés sur PAPIER DE HOLLANDE, sauf le premier volume.

746. CORNEILLE (P.). Œuvres, avec les notes de tous les commentateurs. *A Paris, chez Lefèvre*, 1824, 12 vol. in-8, demi rel. veau rouge, fil., ébarbés.

Reliure de Koehler.

747. CORRESPONDANCE littéraire, philosophique et critique par Grimm, Diderot, Raynal, Meister, etc. Revue sur les textes originaux, comprenant outre ce qui a été publié à diverses époques les fragments supprimés en 1813 par la censure, les parties inédites conservées à la Bibliothèque ducale de Gotha et à l'Arsenal à Paris. Notices, notes, table générale par Maurice Tourneux. *Paris, Garnier frères*, 1877-1882. 16 gros vol. gr. in-8, cartonn., dos toile grise, couvert., non rognés, sauf pour le tome VIII qui est broché.

Exemplaire imprimé sur PAPIER DE HOLLANDE.

748. CRÉBILLON FILS. Œuvres. Le Hasard du coin du feu, conte moral. — La Nuit et le moment ou les matines de Cythère. — Le Sopha, conte moral. *Bruxelles, Rozez*, 1869, 3 vol. in-8, brochés.

Un des 100 exemplaires imprimés sur PAPIER DE HOLLANDE.

749. DARWIN (Charles). La Vie et la correspondance de Charles Darwin avec un chapitre autobiographique, publiés par son fils M. Francis Darwin, traduit de l'anglais par Henri C. de Varigny. *Paris, C. Reinwald*, 1888. 2 vol. in-8, cartonn. toile verte, non rognés.

750. DEZOBRY (Ch.). Rome au siège d'Auguste, ou Voyage d'un Gaulois à Rome à l'époque du règne d'Auguste et pendant une partie du règne de Tibère, précédé d'une description de Rome aux époques d'Auguste et de Tibère. Nouvelle édition revue, augmentée et ornée d'un grand plan et de vues de Rome antique. *Paris, Dezobry, Magdeleine et Cie*, 1846-1847, 4 vol. in-8, dos et coins mar. La Vall., tête dor., non rognés (*Fock*).

751. DOLET (Estienne). Le second enfer. *A Lyon*, 1544 (*Paris, Techener, s. d.*). — La Manière de bien traduire d'une langue en

autre d'advantage de la ponctuation de la langue françoyse, plus des accents d'ycelle. Autheur Estienne Dolet. *Lyon, Estienne Dolet* (*Paris, Techener, s. d.*). — Ens. 2 vol. pet. in-8, cartonn. demi-toile bleue, non rognés.

Réimpressions tirées à 120 exemplaires.

752. DULAURE (Jacques-Antoine). Des Divinités génératrices ou du culte du phallus chez les anciens et les modernes. Réimprimé sur l'édition de 1825, revue et augmentée par l'auteur. *Paris, Is. Liseux, Th. Belin*, 1885, in-8, broché.

Edition unique tirée à petit nombre sur papier de Hollande.

753. DUVAL (Jacques). Traité des Hermaphrodits, parties génitales, accouchemens des femmes, etc., où sont expliquez la figure des laboureur et verger du genre humain, signes de pucelage, défloration, conception, et la belle industrie dont use nature en la promotion du concept et plante prolifique. Réimprimé sur l'édition unique (Rouen, 1612). *Paris, Is. Liseux*, 1880, in-8, broché.

Edition tirée à 400 exemplaires.

754. ESTIENNE (Henri). Apologie pour Hérodote (satire de la société française du XVIe siècle). Nouvelle édition, faite sur la première et augmentée de remarques par P. Ristelhuber. *Paris, Liseux*, 1879, 2 vol. pet. in-8, brochés.

755. FOLENGO. Histoire maccaronique de Merlin Coccaie prototype de Rabelais..... avec des notes et une notice par G. Brunet. Nouvelle édition revue et corrigée sur l'édition de 1606, par P.-L. Jacob, bibliophile. *Paris, Delahays*, 1859. — Recueil de farces, soties et moralités du XVIe siècle réunies pour la première fois et publiées avec des notices et des notes par P.-L. Jacob, bibliophile. *Ibid., id.*, 1859. — Ens. 2 vol. in-12, demi-rel. vélin, tête rouge, non rognés.

Exemplaires imprimés sur PAPIER DE HOLLANDE.

756. FORNERON (H.). Histoire de Philippe II. *Paris, E. Plon et Cie*, 1881-1882, 4 vol. in-8, portrait, demi-rel., chagrin vert, tête dor., non rognés.

757. FOURNIER (Edouard). Le Vieux-neuf. Histoire ancienne des inventions et découvertes modernes. Deuxième édition refondue et augmentée. *Paris, Dentu*, 1877, 3 vol. in-12, demi-rel., mar. grenat, tête dor., non rognés.

758. FUSTEL DE COULANGES. La Cité antique. Etude sur le culte, le droit, les institutions de la Grèce et de Rome. *Paris, Hachette et Cie*, 1866, in-8, demi-rel., chagrin brun, tête dor., non rogné.

759. GALIANI (L'abbé). Lettres de l'abbé Galiani à Madame d'Epinay, Voltaire, Diderot, Grimm, le baron d'Holbach, etc., etc., publiées d'après les éditions originales augmentées des variantes, de nombreuses notes et d'un index avec notice biographique par Eugène Asse. *Paris, G. Charpentier*, 1881, 2 vol. in-12, brochés.

Un des 50 exemplaires (n° 20) imprimés sur PAPIER DE HOLLANDE.

760. GAUCHET (Claude). Le Plaisir des champs, avec la venerie, volerie et pescherie, poème en quatre parties. Edition revue et annotée par Prosper Blanchemain. *Paris, Libr. A. Franck*, 1869, pet. in-8, broché.

Un des quelques exemplaires imprimés sur papier fort.

761. GOETHE. Œuvres. Traduction nouvelle par Jacques Porchat. *Paris, Hachette et Cie*, 1861-1863, 10 tomes en 11 vol. in-8, demi-rel., mar. rouge, dos orné, tête dor., non rognés (*Monneret*).

Exemplaire numéroté imprimé sur PAPIER VÉLIN.

762. HAMILTON (Antoine). Mémoires du chevalier de Grammont, publiés avec une introduction et des notes par M. de Lescure. *Paris, Libr. des bibliophiles*, 1876, in-8, portrait, broché.

Un des 15 exemplaires imprimés sur PAPIER DE CHINE.

763. HANOTAUX (Gabriel). Histoire de la France contemporaine (1871-1900). *Paris, Combet et Cie, s. d.*, 4 vol. in-8, brochés.

Gouvernement de M. Thiers. — Présidence du Maréchal de Mac-Mahon, 2 vol. — *La République parlementaire*.

764. HORACE (Editions diverses des Œuvres), 3 vol. in-12 et in-16, dont 2 rel. mar. La Vall. et vert, et 1 broché.

HORATII (Quinti) Flacci opera. Cum novo commentario ad modum Joannis Bond. *Parisiis, Didot*, 1855 (Exemplaire imprimé sur PAPIER VERT D'EAU). — ODES choisies, traduites en vers par Louis Richault. *Orléans, Herluison*, 1877. — ŒUVRES, traduites par Jules Janin. *Paris, Hachette et Cie*, 1861.

765. HUGO (Victor). Œuvre poétique. Edition elzévirienne. *Paris, J. Hetzel et Cie*, 1869-1870, 10 vol. in-18, brochés.

Jolie collection imprimée sur papier vergé ; elle renferme :
Odes et ballades. — *Les Orientales.* — *Les Feuilles d'automne.* — *Les Chants du crépuscule.* — *Les Voix intérieures.* — *Les Rayons et les ombres.* — *Les Contemplations*, 2 vol. — *La légende des siècles.* — *Les Chansons des rues et des bois.*

766. JOINVILLE (Jean, sire de). Histoire de Saint Louis, suivie du Credo et de la Lettre à Louis X. Texte ramené à l'ortographe des

chartes du Sire de Joinville, et publié pour la Société de l'histoire de France, par M. Natalis de Wailly. *A Paris, chez Mme Vve Jules Renouard,* 1868, in-8, demi-rel., mar. grenat, tête dor., non rogné.

767. LABÉ (Louise). Euvres de Louïze Labbé, lionnoize. *A Lion, par Durand et Perrin,* 1824, in-8, mar. La Vall., fil., dos orné, tête rouge, ébarbé (*Champs*).

Edition faite aux frais de 42 personnes et publiée par les soins de MM. Dumas, Crochard et Breghot du Lut.

Exemplaire imprimé sur papier vélin contenant les 2 portraits en deux états : le premier tiré en bleu et en sanguine : le second tiré en noir et en bistre.

768. LA BRUYÈRE. Les Caractères de La Bruyère, suivis des caractères de Théophraste, traduits du grec par le même. *A Paris, chez Lefèvre,* 1824. 2 vol. in-8, portrait, mar. violet à longs grains, comp. de fil. dorés et dent. à froid, dos plat orné, dent. int., tr. dor. (*Duplanil*).

Reliure de l'époque très fraîche.

Taches de rousseur.

769. LA BRUYÈRE. Les Caractères ou les mœurs de ce siècle, précédés des Caractères de Théophraste, traduits du grec par La Bruyère. Texte revu sur la neuvième édition originale de 1696. Avec une notice et des notes par Charles Asselineau. *Paris, A. Lemerre,* 1871, 2 vol. pet. in-8, portrait, brochés.

770. LA BRUYÈRE. Œuvres. Nouvelle édition par M. G. Servois. *Paris, Hachette et Cie,* 1865-1882, 3 tomes en 5 parties et 1 album gr. in-8, brochés.

Un des 150 exemplaires (n° 148) sur PAPIER VÉLIN.

De la Collection des *Grands Ecrivains de la France.*

771. LACROIX (Jules). Satires de Juvénal et de Perse, traduites en vers français. *Paris, Firmin Didot frères,* 1846, in-8, demi-rel. mar. noir, tête dor., non rogné (*Couvert.*).

Texte latin et traduction française en regard.

772. LA FONTAINE (J. de). Œuvres. Nouvelle édition par M. Henri Regnier. *Paris, Hachette et Cie,* 1883-1892. 11 vol. et 1 album gr. in-8, brochés.

Un des 150 exemplaires (n° 143) sur PAPIER VÉLIN.

De la collection des *Grands Ecrivains de la France.*

773. LAMARTINE. Œuvres poétiques. *Paris, Hachette et Cie,* 1875-1879, 6 vol. in-16, brochés.

Méditations poétiques. — Harmonies poétiques et religieuses. — Jocelyn. — La Chute d'un ange. — Poésies politiques, poésies diverses.

Un des 50 exemplaires (n° 50) imprimés sur PAPIER DE CHINE.

774. LAMARTINE. Œuvres poétiques. *Paris, Hachette et Cie*, 1875-1879, 6 vol. in-16, brochés.

Même édition que le n° précédent.
Exemplaire imprimé sur papier vélin à la forme.

775. LA ROCHEFOUCAULD (de). Œuvres. Nouvelle édition par M. D. L. Gilbert. *Paris, Hachette et Cie*, 1868-1883, 3 tomes en 6 vol. et fascicules et 1 album gr. in-8, brochés.

Un des 150 exemplaires (n° 36) sur PAPIER VÉLIN.
De la collection des *Grands Écrivains de la France.*

776. LAUMIER (Ch.). Cérémonies nuptiales des peuples anciens et modernes. *Paris, Ledoyen*, 1829, pet. in-12, demi-rel. mar. vert, tête dor., non rogné.

777. LE MOIGNE (Lucas). Noëls de Lucas Le Moigne, curé de Saint-Georges du Puy la Garde en Poitou, publiés sur l'édition gothique par la Société des bibliophiles françois. On y a joint les Noëls composés (vers 1524) par les prisonniers de la conciergerie et deux Aguillenneufs tirés du recueil des Noëls du Plat d'Argent. *A Paris, Imp. par Ch. Lahure*, 1860, in-16, cartonn. toile grenat, non rogné.

Cette publication de la Société des bibliophiles françois a été tirée à 29 exemplaires seulement pour les membres de la Société.

778. LIVRE D'HEURES satirique et libertin du XIXe siècle. *Bruxelles, Henry Kistemaeckers, s. d.*, pet. in-8, broché.

779. LIVRE DES SONNETS (Le) ; dix dizains de sonnets choisis. *Paris, A. Lemerre*, 1874. — Le Livre des ballades ; soixante ballades choisies. *Ibid., id.*, 1876, 2 vol. pet. in-8, brochés.

780. LOISELEUR (Jules). Les Points obscurs de la vie de Molière. *Paris, Is. Liseux*, 1877. — INTRIGUES (Les) de Molière et celles de sa femme ou la fameuse comédienne. Histoire de la Guérin. Réimpression conforme à l'édition sans lieu ni date, suivie des variantes avec préface et notes par Ch. L. Livet. *Ibid., id.*, 1877. — Ens. 2 vol. in-8, brochés.

Papier de Hollande.

781. LUTHER. Mémoires de Luther, écrits par lui-même, traduits et mis en ordre par M. Michelet, suivis d'un essai sur l'histoire de la religion et des biographies de Wicheff, Jean Huss, Erasme et autres prédécesseurs et contemporains de Luther. *Paris, L. Hachette*, 1837, 2 vol. in-8, demi-rel. mar. noir, tête dor., ébarbés.

782. MAGNY (Olivier de). Les Gayetez d'Olivier de Magny. Réimpression textuelle de l'édition de Paris 1554. *Turin, chez J. Gay*

et fils, 1869. — Les Amours d'Olivier de Magny réimpression textuelle de l'édition de Paris 1553. *Ibid., id.,* 1870. — Les Soupirs d'Olivier de Magny réimpression textuelle de l'édition de Paris 1557. *Ibid., id.,* 1870. — Ens. 3 vol. in-8, brochés.

Tiré à cent exemplaires.

783. MANSION (Hippolyte). Moutchas = y = Tchicas. Episodes de terre et de mer. *Paris, A. J. Dénain,* 1833, in-8, broché (*Couvert. illust.*).

Edition originale, ornée d'une vignette gravée sur bois par *Napoléon Saint-Ferjeux.*
Exemplaire lavé et encollé, préparé pour la reliure.

784. MARIVAUX. Théâtre choisi, publié par F. de Marescot et D. Jouaust avec une préface par F. Sarcey. *Paris, Libr. des bibliophiles,* 1881, 2 vol. in-8, brochés.

Un des 170 exemplaires (n° 116) imprimés sur papier de Hollande.

785. MAROT (Clément). Œuvres de Clément Marot, de Cahors, valet de chambre du roy. *Lyon, N. Scheuring,* 1869-1870, 2 vol. pet. in-8, brochés.

Un des 100 exemplaires (n° 88) imprimés sur papier Whatman.

786. MASPÉRO (G.). Histoire ancienne des peuples de l'Orient classique. Tome III. Les Empires. *Paris, Hachette et Cie,* 1899, gr. in-8, broché.

Nombreuses illustrations hors texte et dans le texte.

787. MAUCROIX. Œuvres diverses, publiées par Louis Paris sur le manuscrit de la bibliothèque de Reims. *Paris, J. Techener,* 1854, 2 vol. pet. in-8, dos et coins mar. La Vall., tête dor., non rognés (*Fock*).

Exemplaire imprimé sur papier de Hollande.

788. MICHELET (J.). Histoire de France. *Paris, Lacroix et Cie,* 1874, 17 vol. in-8, cartonn. demi-toile rouge, non rognés.

Un des 55 exemplaires imprimés sur papier de Hollande.

789. MICHELET (J.). Histoire de la Révolution française. Deuxième édition revue et augmentée. *Paris, Librairie internationale,* 1868-1869, 6 vol. in-8, brochés.

Un des 50 exemplaires (n° IX) sur papier de Hollande.

790. MINUT (Gabriel de). De la Beauté. *Lyon,* 1587, pet. in-12, mar. rouge à longs grains, non rogné.

Réimpression de Gay, tirée à 106 exemplaires ; celui-ci est un des 4 imprimés sur papier de Chine.

791. MIRACLE DE NOSTRE DAME, de Robert le Dyable, filz du duc de Normendie. Publié pour la première fois, d'après un ms. du XIVe siècle, de la Bibliothèque du roi, par plusieurs membres de la Société des antiquaires de Normandie (Edouard Frère, Ach. Deville, A. Pottier et Paulin Paris). *Imprimé à Rouen, par L. Baudry*, 1836, in-8, demi-rel. chagrin rouge, tête dor., non rogné.

Publication tirée à petit nombre.

792. MOLIÈRE. Œuvres. Nouvelle édition par M. Eugène Despois et Paul Mesnard. *Paris, Hachette et Cie*, 1873-1900. 13 vol. 1 fasc. supplém. et 1 album gr. in-8, brochés.

Un des 200 exemplaires (no 87) imprimés sur PAPIER VÉLIN. De la collection des *Grands Écrivains de la France*.

793. MONTAIGNE. Essais, texte original de 1580 avec les variantes des éditions de 1582 et 1587 publié par R. Dezeimeris & H. Barkhausen. *Paris, A. Aubry*, 1870-1873, 2 vol. in-8, dos et coins mar. citron, fil., dos orné, tête dor., ébarbés (*Fock*).

794. MONTAIGNE. Les Essais de Montaigne réimprimés sur l'édition originale de 1588, avec notes, glossaire et index par MM. H. Motheau et D. Jouaust et précédés d'une note par M. S. de Sacy. Portrait gravé à l'eau-forte par Gaucherel. *Paris, Libr. des bibliophiles*, 1873-1880, 3 vol. in-8, brochés.

Un des 30 exemplaires imprimés sur PAPIER DE CHINE.
Exemplaire sans couvertures imprimées.

795. MUSES (Les) DU FOYER DE L'OPÉRA. Choix de poésies libres, galantes, satyriques et autres, les plus agréables qui ont circulé depuis quelques années dans les Sociétés galantes de Paris. *Bruxelles, chez Henry Kistemaeckers*, 1883, in-8, broché.

Poésies de Boufflers, Voltaire, Imbert, Berquin, Bernard, Dorat, etc., etc.

796. ORLÉANS (Charles d'). Poésies du duc Charles d'Orléans, publiées par Aimé Champollion-Figeac. *Paris*, 1842, in-8, dos et coins de mar. rouge, fil., tête dor., non rogné (*Capé*).

797. OUVRAGES TIRÉS A PETIT NOMBRE, 4 vol. in-8 et in-12, brochés.

ART DE PÉTER (L'). *En Westphalie*, 1776 (Réimpression moderne). — BELLE ALSACIENNE (La) ou telle mère telle fille. *Bruxelles, Gay et Doucé*, 1882, 2 tomes en 1 vol. — FILLE DE JOIE (La) ou mémoires de miss Fanny, écrits par elle-même. *Mexico, s. d.* — PARNASSE SATYRIQUE. XVIIIe siècle. Pièces trop libres échappées dans des débauches d'esprit à quelques gens de lettres connus et inconnus. *Neuchatel*, 1874.

798. PARNASSE SATYRIQUE (Le) du dix-neuvième siècle. Recueil

de vers piquants et gaillards de MM. de Béranger, V. Hugo, E. Deschamps, A. Barbier, A. de Musset, Barthélemy, Baudelaire, etc., etc. *Rome, à l'enseigne des sept péchés capitaux* (*Bruxelles, Imp. Briard*), *s. d.* (1864), 2 vol. — Le Nouveau Parnasse satyrique du dix-neuvième siècle, suivi d'un appendice au Parnasse satyrique. *Eleutheropolis, aux devantures des libraires, ailleurs dans leurs arrière-boutiques* (*Bruxelles, Poulet-Malassis*), 1866. — Ens. 3 vol. in-12, brochés.

Exemplaires renfermant les 2 frontispices de *Rops* en DEUX états sur Chine volant tirés en noir et en sanguine.

799. PARIS A TRAVERS LES AGES. Aspects successifs des monuments et quartiers historiques de Paris depuis le XIIIe siècle jusqu'à nos jours, fidèlement restitués d'après les documents authentiques par M. F. Hoffbauer, architecte. Texte par MM. Edouard Fournier, Paul Lacroix, A. de Montaiglon, A. Bonnardot, Jules Cousin, Franklin, Valentin Dufour, etc. *Paris, Librairie de Firmin-Didot et Cie*, 1875. En 14 livraisons in-folio, dans des cartons.

800. PARIS (Ouvrages relatifs à), 4 vol. gr. in-8, et pet. in-8, dont un demi-rel. mar. La Vall., tête dor., non rogné, 1 cartonn., dos et coins toile verte, non rogné, et 2 brochés.

CURIOSITEZ DE PARIS (Les). Réimprimées d'après l'édition originale de 1716 par les soins de la Société d'encouragement pour la propagation des livres d'art. *Paris, Quantin*, 1883. — FOURNIER (Edouard). Paris-capitale. *Paris, Dentu*, 1881 (EDIT. ORIG. PAPIER DE HOLLANDE). — JOURNAL du siège de Paris en 1590, rédigé par un des assiégés... publié par Alfred Franklin. *Paris, Willem*, 1876. — RITTIEZ (F.). Histoire du palais de justice de Paris et du parlement, 860-1789. Mœurs, coutumes, institutions judiciaires, procès divers progrès légal. *Paris, Durand*, 1860.

801. PARNASSE SATYRIQUE (Le) du sieur Théophile, suivi du nouveau Parnasse satyrique. Edition revue sur toutes les éditions du XVIIe siècle, corrigée et annotée. *S. l.* (*Bruxelles, Poulet-Malassis*), 1864, 2 vol. in-12, frontispice sur Chine volant, brochés.

802. PAPIERS et correspondance de la famille impériale. *Paris, Imp. nationale*, 1870-1872, 2 tomes en 3 vol. in-8, cartonn. dos et coins toile grenat, non rognés.

803. PASCAL (Blaise). Texte primitif des lettres provinciales de Blaise Pascal, d'après un exemplaire in-4 (1656-1657), où se trouvent des corrections en écriture du temps. Edition contenant outre ces corrections toutes les variantes des éditions postérieures. *Paris, Hachette et Cie*, 1867, gr. in-8, dos et coins mar. La Vall., tête dor., non rogné (*Fock*).

804. PETITS CHEFS-D'ŒUVRE (De la collection des). *Paris, Libr. des bibliophiles*, 1874-1884, 13 vol. in-12, brochés.

AÏSSÉ (Mlle). Lettres à madame Calandrini. — BERCHOUX (J.). La

Gastronomie, poème en quatre chants. — CONSTANT (Benjamin). Adolphe. — DESTOUCHES. Le GLORIEUX, comédie en cinq actes. — DIDEROT. Le Neveu de Rameau. — FIÉVÉE (J.). La Dot de Suzette. — GRESSET. Le Méchant. — LA SABLIÈRE. Madrigaux. — MAISTRE (Xavier de). Voyage autour de ma chambre. — MOREAU (Hégésippe). Chansons et contes, suivis de poésies diverses, 2 vol. — PIRON. La Métromanie, comédie en cinq actes. — SEDAINE. Le Philosophe sans le savoir, comédie en cinq actes.

Un des 30 exemplaires imprimés sur PAPIER WATHMAN.

805. PETITS POÈTES DU XVIIIe SIÈCLE. *Paris, A. Quantin*, 1879-1886, 11 vol. pet. in-8, brochés.

BERNIS (Cardinal de). Poésies diverses. — BERTIN (Chevalier de). Poésies et œuvres diverses. — BONNARD (Chevalier de). Poésies diverses. — DESFORGES-MAILLARD. Poésies diverses. — GENTIL-BERNARD. Poésies choisies. — GILBERT. Poésies diverses. — GRESSET. Poésies choisies. — LATTAIGNANT (de). Poésies diverses et pièces inédites. — MALFILATRE. Poésies. — PIRON (Alexis). Poésies choisies et pièces inédites. — VADÉ (Joseph). Poéies et lettres facétieuses.

Le volume des poésies du chevalier de Boufflers manque.

806. POÈTES FRANÇOIS (Les), depuis le XIIe siècle jusqu'à Malherbe, avec une notice historique et littéraire sur chaque poète. *A Paris, de l'Imp. de Crapelet*, 1824, 6 vol. gr. in-8, dos et coins mar. orange, tête dor. (*Koehler*).

Un des 50 exemplaires (n° 31) imprimés sur PAPIER GRAND RAISIN VÉLIN.

807. POÈTES DE RUELLES AU XVIIe SIÈCLE (De la collection des), publiée par Octave Uzanne. *Paris, Libr. des bibliophiles*, 1875-1878. 4 vol. pet. in-8, brochés.

GUIRLANDE DE JULIE (La). — MONTREUIL (de). Poésies. — SARASIN (François). Poésies. — BENSERADE. Poésies.

PAPIER DE HOLLANDE.

808. RABELAIS. Les Quatre livres de maistre François Rabelais, suivis du manuscrit du cinquième livre, publiés par les soins de MM. A. de Montaiglon et Louis Lacour. *Paris, Académie des Bibliophiles*, 1868-1872, 3 vol. in-8, brochés.

809. RABELAIS. Œuvres, précédées de sa biographie et d'une dissertation sur la prononciation du français au XVIe siècle et accompagnées de notes explicatives du texte, par A.-L. Sardou. *San Remo, Gay et fils*, 1874, 3 vol. in-12, mar. vert foncé, jans., tr. dor. (*Fock*).

Un des 20 exemplaires imprimés sur PAPIER DE CHINE.

810. RACINE (J.). Œuvres. Nouvelle édition par M. Paul Mesnard.

*Paris, Hachette et Cie*, 1865-1873. 8 vol., 1 vol. de musique et 1 album gr. in-8, brochés.

Un des 150 exemplaires (n° 12) tirés sur PAPIER VÉLIN.
De la collection des *Grands Ecrivains de la France*.

811. RECLUS (Élisée). Nouvelle Géographie universelle. La terre et les hommes. Tomes I à VIII, XVI et XVII. *Paris, Librairie Hachette et Cie*, 1876-1892. 10 vol. gr. in-8, dont les tomes I-VIII demi-rel. mar. olive, tête dor., non rognés (*Fock*) et 2 vol. brochés.

812. RECUEIL CLAIRAMBAULT-MAUREPAS. Chansonnier historique du XVIIIe siècle. Publié avec introduction, commentaire, notes et index par Émile Raunié. Orné de portraits à l'eau-forte par Rousselle. *Paris, A. Quantin*, 1879-1884, 10 vol. in-12, brochés.

Un des 50 exemplaires (n° 5) imprimés sur PAPIER DE CHINE, contenant les portraits en DEUX états : AVANT et avec la lettre.

813. RECUEIL DIT DE MAUREPAS. Pièces libres, chansons, épigrammes et autres vers satiriques sur divers personnages des siècles de Louis XIV et Louis XV, accompagnés de remarques curieuses du temps ; publiés pour la première fois d'après les manuscrits conservés à la bibliothèque impériale à Paris, avec des notices, des tables, etc. *Leyde* (*Bruxelles, Poulet-Malassis*), 1865, 6 vol. pet. in-12, pap. de Holl., brochés.

Edition tirée à 116 exemplaires.

814. RESTIF DE LA BRETONNE. Monsieur Nicolas, ou le cœur humain dévoilé. Mémoires intimes de Restif de la Bretonne. Réimprimé sur l'édition unique et rarissime publiée par lui-même en 1796. *Paris, Liseux*, 1883, 12 vol. in-8, cartonn. demi-toile verte, non rognés, couvert. (*Lemale*).

Exemplaire (n° 28) imprimé sur PAPIER DE HOLLANDE. Tomes 1 à 12.

815. RESTIF DE LA BRETONNE. Monsieur Nicolas. *Paris, Liseux*, 1883, 14 vol. in-8, brochés.

Même ouvrage.
Exemplaire (n° 75) imprimé sur PAPIER DE HOLLANDE.

816. RESTIF DE LA BRETONNE. La Vie de mon père. Réimprimé sur la troisième édition (Paris, 1788). *Paris, Liseux*, 1884, pet. in-8, broché.

Édition unique tirée à 200 exemplaires sur papier de Hollande.

817. RESTIF DE LA BRETONNE. Le paysan perverti. Fidèlement réimprimé sur l'édition d'Amsterdam (1776). *Bruxelles, Kistemaeckers*, 1884, 2 vol. in-8, brochés.

818. RETZ (Le cardinal de). Œuvres. Nouvelle édition par M. Alphonse Feillet. *Paris, Hachette et Cie*, 1872-1887, 8 vol. gr. in-8, brochés.

Un des 150 exemplaires (n° 111) tirés sur PAPIER VÉLIN.
De la collection des *Grands Écrivains de la France.*

819. ROCHEFORT (Henri). La Lanterne. Paris, 1868. *Paris, Victor-Havard,* 1886, in-12, portrait par Lalauze, broché.

Exemplaire imprimé sur PAPIER DE HOLLANDE.

820. SAINT-SIMON (Le duc de). Mémoires complets et authentiques du duc de Saint-Simon sur le siècle de Louis XIV et la Régence, collationnés sur le manuscrit original par M. Chéruel et précédés d'une notice par M. Sainte-Beuve. *Paris, Librairie L. Hachette et Cie*, 1856-1858, 20 vol. in-8, demi-rel. mar. La Vall., tête dor., non rognés.

821. SAINT-SIMON. Mémoires. Nouvelle édition par A. de Boislisle. *Paris, Hachette et Cie*, 1879-1906, 19 vol. gr. in-8, brochés.

Un des 200 exemplaires (n° 60) tirés sur PAPIER VÉLIN.
De la collection des *Grands Écrivains de la France.*

822. SAINTE-AULAIRE (Comte de). Histoire de la Fronde. *Paris, Baudouin frères,* 1827, 3 vol. in-8, demi-rel. veau bleu, tr. marb. (*Rel. de l'époque*).

823. SHAKESPEARE (W.). The dramatic works of W. Shakspeare, from the text of Johnson, Steevens, and Reed. With a biographical memoir and summary remarks on each play. *Paris, Baudry,* 1829, gr. in-8 à 2 col., veau bleu, 5 fil. dor., grande plaque à froid avec points dorés, dos orné, dent. int., tr. dor. (*Bibolet*).

Édition imprimée sur deux colonnss, en caractères fins.
Bonne reliure très fraîche.

824. SHAKESPEARE. Chefs d'œuvre, traduits conformément au texte original, en vers blancs, en vers rimés et en prose, suivies de poésies diverses, par feu A. Bruguière, Bon de Sorsum, revus par M. de Chênedollé. *Paris, Dondey-Dupré, père et fils,* 1826, 2 vol. in-8, veau fauve, fil., non rognés.

Bel exemplaire relié par BAUZONNET.

825. SOCIÉTÉ DE L'HISTOIRE DE FRANCE (Publications de la). *Paris, Jules Renouard et Cie*, 1840-1889, 21 vol. in-8. brochés.

BASSOMPIERRE (Maréchal de). Journal de ma vie. 4 vol. — EXTRAITS des auteurs grecs concernant la géographie et l'histoire des Gaules. Texte et traduction nouvelle par Edm. Cougny. 5 vol. — EGINHARD. Œuvres complètes. Traduites par A. Teulet. 2 vol. — RICHER. Histoire de son temps. Traduction par J. Guadet. 2 vol. — JEAN DE BUEIL. Le Jouvencel. — MARGUERITE DE VALOIS. Mémoires et lettres (2 exemplaires). — BARBIER (E.-J.-F.). Journal historique et anecdotique du règne de Louis XV. Tomes II-IV. — AUBIGNÉ (Agrippa d'). Histoire universelle. Tomes I et III.

826. STANLEY (H.-M.). Dans les ténèbres de l'Afrique. Recherche, délivrance et retraite d'Emin Pacha. Ouvrage traduit de l'anglais avec l'autorisation de l'auteur. Contenant 150 gravures d'après les dessins de A. Forestier, Sydney Hall, Montbard, Riou, et trois grandes cartes tirées en couleurs. *Paris, Hachette et Cie*, 1890, 2 vol. in-8, brochés.

827. TACITE (C.-C.). Œuvres, traduites par C.-L.-F. Panckoucke. *Paris, C.-L.-F. Panckoucke*, 1837-1838, 7 vol. in-8, demi-rel. chag. vert, fil., dos orné, tête dor., ébarbés (*Rel. de l'époque*).

828. TAINE (H.). Les Origines de la France contemporaine. *Paris, Hachette et Cie*, 1880-1894, 6 vol. in-8, dont 3 demi-rel. chagrin vert, tête dor., non rognés, et les autres brochés.

L'Ancien régime. 1 vol. — La Révolution. 3 vol. — Le Régime moderne. 2 vol.

829. THIERS (A.). Histoire du Consulat et de l'Empire. *Paris, Paulin*, 1845-1864. 20 vol. in-8 et 1 atlas in-folio, demi-rel. chagrin rouge, tête dor., non rognés.

830. TOCQUEVILLE (Alexis de). De la Démocratie en Amérique. Seizième édition revue avec le plus grand soin et augmentée de la préface mise en tête des œuvres complètes. *Paris, Michel-Lévy frères*, 1874, 3 vol. in-8, demi-rel. chagrin rouge, tête dor., non rognés.

831. TRÉSOR DES PIÈCES RARES OU INEDITES (De la collection du). *Paris, Aubry*, 1856-58, 5 vol. pet. in-8, cartonnés, non rognés.

BAUDE (Henri). Les Vers du maître Henri Baude, poète du XVe siècle, par J. Quicherat. — DU LIS (Charles). Opuscules historiques relatifs à Jeanne d'Arc, dite la Pucelle d'Orléans. — JOURNÉE DES MADRIGAUX (La), suivie de la gazette du tendre et du carnaval des précieuses. Introduction et notes par Emile Colombey. — LIVRE DE LA CHASSE (Le) du grand sénéschal de Normandye, publié par le baron Jérome Pichon. — PROCÈS du tres meschant et detestable parricide Fr. Ravaillac, natif d'Angoulesme.

832. UZANNE (Octave). Le Bric-à-brac de l'amour. — Le Calendrier de Vénus. — Les Surprises du cœur. *Paris, Rouveyre*, 1879-1881, 3 vol. pet. in-8, brochés.

833. VIEL-CASTEL (Comte Horace de). Mémoires sur le règne de

Napoléon III (1861-1864). Publiés d'après le manuscrit original et ornés du portrait de l'auteur (1851-1864), avec une préface par L. Léouzon le Duc. *Paris, chez tous les libraires,* 1883-1884, 6 vol. in-8, brochés.

834. VILLON (François). Œuvres de maistre François Villon, corrigées et complétées d'après plusieurs manuscrits qui n'étaient pas connus, précédées d'un mémoire, accompagnées de leçons diverses et de commentaires par J.-H.-R. Prompsault. *Paris, imprimerie de Béthune,* 1832, in-8, broché.

Bonne édition devenue rare.

835. VOLTAIRE. Le Sottisier de Voltaire, publié pour la première fois d'après une copie authentique ; avec une préface par L. Léouzon Le Duc. *Paris, Lib. des bibliophiles,* 1880, in-8, broché.

VI. — BIBLIOGRAPHIE, RELIURE.

836. ASSELINEAU (Charles). Mélanges tirés d'une petite bibliothèque romantique. Bibliographie anecdotique et pittoresque des éditions originales des œuvres de Victor Hugo, Alex. Dumas, Th. Gautier, Petrus Borel, A. de Vigny, Prosper Mérimée, etc., etc. Illustrés d'un frontispice à l'eau-forte de Célestin Nanteuil et de vers de MM. Th. de Banville et Ch. Baudelaire. *Paris, Pincebourde,* 1866, in-8, broché.

Édition originale.

837. BARBIER (Ant.-Alex.). Dictionnaire des ouvrages anonymes. Troisième édition, revue et augmentée par MM. Olivier Barbier, René et Paul Billard. *Paris, Féchoz et Letouzey,* 1882, 4 vol. — Quérard (J.-M.). Les Supercheries littéraires dévoilées. Seconde édition, considérablement augmentée par M. Gustave Brunet et Pierre Jannet. *Ibid., id.,* 1882, 3 vol. — Ens. 7 vol. in-8, demi-rel. mar. noir, tête dor., non rognés.

838. BÉRALDI (Henri). Estampes et livres, 1872-1892. *Paris, L. Conquet,* 1892, gr. in-8, broché.

Tirage unique à 390 exemplaires (n° 77) sur papier vélin.
Nombreuses reproductions de reliures, en noir et en couleurs.

839. BIBLIOPHILE FRANÇAIS (Le). Gazette illustrée des amateurs de livres, d'estampes et de haute curiosité. Tomes I-VII. *Paris,*

Librairie Bachelin-Deflorenne, 1868-1873, 7 vol. gr. in-8, figures, cartonn., dos toile verte, non rognés.

Tout ce qui a paru.
Figures dans le texte et nombreuses planches hors texte (portraits, reproductions de reliures, etc.).
Cette revue contient l'*Armorial du bibliophile* de Guigard.

840. BRIVOIS (Jules). Bibliographie des ouvrages illustrés du XIXe siècle principalement des livres à gravures sur bois par Jules Brivois. *Paris, P. Rouquette,* 1883, in-8, broché.

841. BRUNET (Jacques-Charles). Manuel du libraire et de l'amateur de livres. *Paris, Firmin Didot frères,* 1860-1865, 6 vol. — Supplément au Manuel du libraire. *Ibid., id.,* 1878, 2 tomes en 1 vol. — Ens. 7 vol. in-8, dos et coins mar. noir, tête dor., non rognés (*Fock*).

842. CATALOGUE des livres composant la bibliothèque poétique de M. Violet Le Duc, avec des notes bibliographiques, biographiques et littéraires sur chacun des ouvrages catalogués. Pour servir à l'histoire de la poésie en France. *Paris, L. Hachette,* 1843, in-8, broché.

On y a joint : *Bibliographie des chansons, fabliaux, contes en vers.* Paris, Claudin, 1859, in-8, broché.

843. COHEN (Henry). Guide de l'amateur de livres à figures et à vignettes du XVIIIe siècle. Troisième édition entièrement refondue et considérablement augmentée par Charles Mehl. *Paris, chez P. Rouquette,* 1876, in-8, cartonn. toile grise, non rogné (*Pierson*).

Exemplaire interfolié de papier blanc.

844. COHEN (Henry). Guide de l'amateur de livres à gravures du XVIIIe siècle. Cinquième édition, revue, corrigée et considérablement augmentée par le Baron Roger Portalis. *Paris, Rouquette,* 1886, in-8, broché.

845. DEROME (L.). Causeries d'un ami des livres. Les éditions originales des romantiques. *Paris, Edouard Rouveyre, s. d.,* 2 vol. gr. in-8, brochés.

846. DRUJON (Fernand). Catalogue des ouvrages, écrits et dessins de toute nature poursuivis, supprimés ou condamnés, depuis le 21 octobre 1814 jusqu'au 31 juillet 1877. Edition entièrement nouvelle, considérablement augmentée.... par Fernand Drujon. *Paris, Ed. Rouveyre,* 1879, in-8, broché.

847 DRUJON (Fernand). Les Livres à clet. Etude de bibliographie

critique et analytique pour servir à l'histoire littéraire par Fernand Drujon. *Paris, Édouard Rouveyre,* 1888, 2 vol. in-8, brochés.

Papier vergé.

848. ÉTABLISSEMENT d'une bibliothèque. Conservation et entretien des livres, de leur format et de leur reliure. Moyens de les préserver des insectes. *Paris, Rouveyre,* 1877. — Jannet (P.), Payen (J.-P.) et Veinant (Aug.). Bibliotheca scatologica. *Scatopolis, chez les marchands d'aniterges, l'année scatogène, 5850 (Imp. Guiraudet et Jouaust,* 1850). — Laporte (A.). Bibliographie clérico-galante. Ouvrages galants ou singuliers sur l'amour, les femmes, le mariage, etc., écrits par des abbés, prêtres, chanoines, religieux, évêques, etc. *Paris, Laporte,* 1879. — Ens. 3 vol. in-8, dont 2 cartonn. dos et coins toile rouge et verte, et un broché.

849. GRUEL (Léon). Manuel historique et bibliographique de l'amateur de reliures. *Paris, Gruel et Engelmann,* 1887, in-4, broché.

Premier volume, épuisé.
Orné de nombreuses reproductions de reliures hors texte.

850. LE PETIT (Jules). Bibliographie des principales éditions originales d'écrivains français du xve au xviiie siècle. Ouvrage contenant environ 300 fac-simile de titres des livres décrits. *Paris, Maison Quantin,* 1888, gr. in-8, broché.

851. LIVRE (Le). Revue mensuelle (publiée sous la direction de Octave Uzanne). Bibliographie rétrospective. Bibliographie moderne. 7 années (1880-1886) en 15 tomes. *Paris, A. Quantin,* 1880-1886, 13 vol. et 2 tomes en livraisons, gr. in-8, brochés, non rognés.

852. NISARD (Charles). Histoire des livres populaires ou de la littérature du colportage depuis le xve siècle jusqu'à la commission d'examen des livres du colportage (30 novembre 1852). *Paris, Amyot,* 1854, 2 vol. in-8, brochés.

Nombreuses illustrations.

853. UZANNE (Octave). Nos Amis les livres. Causeries sur la littérature curieuse et la librairie. *Paris, Quantin,* 1886. — Les Zig-zags d'un curieux. Causeries sur l'art des livres et la littérature d'art. *Ibid., id.,* 1888, 2 vol. in-12, brochés.

Papier vergé de Hollande.

854. UZANNE (Octave). La Reliure moderne, artistique et fantaisiste. Illustrations reproduites d'après les originaux par P. Albert-Dujardin et dessins allégoriques de J. Adeline, G. Fraipont, A. Giraldon. Frontispice de Albert Lynch, gravé par Manesse. *Paris, Ed. Rouveyre,* 1887, gr. in-8, broché.

855. UZANNE (Octave). Bouquinistes et bouquineurs. Physiologie des quais de Paris. Du Pont Royal au Pont Sully. Illustrations d'Emile Mas. Eau-forte frontispice de Manesse. *Paris, May et Motteroz*, 1893, in-8, broché.

856. VICAIRE (Georges). Manuel de l'amateur de livres du XIXe siècle, 1801-1893. *Paris, Rouquette*, 1894-1910, 7 vol. in-8, en fascicules.

Tout ce qui a paru.

ORDRE DES VACATIONS

PREMIÈRE VACATION. — *Mercredi 29 Mai 1912.*

N°s 1 à 213.

DEUXIÈME VACATION. — *Jeudi 30 Mai 1912.*

N°s 214 à 391.

TROISIÈME VACATION. — *Vendredi 31 Mai 1912.*

N°s 392 à 641.

QUATRIÈME VACATION. — *Samedi 1er Juin 1912.*

N°s 642 à 856.

CHARTRES. — IMPRIMERIE DURAND, RUE FULBERT.

www.ingramcontent.com/pod-product-compliance
Ingram Content Group UK Ltd.
Pitfield, Milton Keynes, MK11 3LW, UK
UKHW021100260726
13994UKWH00002B/604

9 782329 418988